d

Viktorija Tokarjewa

Leise Musik hinter der Wand

Roman

Aus dem Russischen von Angelika Schneider

Diogenes

Originaltitel: ›Tichaja muzika za stenoj‹
Umschlagillustration von Charles Mozley

www.diogenes.ch
20/13/8/1
ISBN 978 3 257 06861 0

Als Ariadna das Licht der Welt erblickte, war ihre Mutter Lisa zwanzig, ihre Großmutter fünfundvierzig und ihr Großvater fünfundsechzig Jahre alt.

Alle liebten einander: Der Großvater und die Großmutter waren ganz vernarrt ineinander, sie setzten sämtliche Hoffnungen ihres Herzens auf ihre Tochter Lisa, und alle im Chor begrüßten und liebten sie das neugeborene kleine Mädchen Ariadna. Ariadna, so hatte auch die Mutter des Großvaters geheißen, die Gräfin Ariadna Scheremetjewa.

Die Sache war die, dass Großvater und Großmutter zu den ›Ewiggestrigen‹ gehörten. Ihre Vorfahren waren aus einem weitverzweigten, reichen und kultivierten Adelsgeschlecht hervorgegangen. Dieses Geschlecht hätte wohl noch lange weiter blühen und gedeihen können, doch die Revolution des Jahres 1917 hatte dem ein Ende gesetzt.

Der Großvater verbarg seine Herkunft sorgsam. Er war, gezwungenermaßen, Konformist. In jenen Jahren die Wahrheit zu bekennen, hätte unweigerlich geheißen, das Leben zu verlieren. Und das Leben ist mehr als die Wahrheit. Das Leben lässt die Wahrheit erst entstehen. Wenn du das Leben selbst verlierst, wer braucht dann noch deine Wahrheit? Wahrheit ist nur ein Wort, das Leben aber ist von Gott gegeben, und nur Gott allein darf es für null und nichtig erklären. So jedenfalls dachte der Großvater. Und sowieso lebte er am liebsten unabhängig von Gesellschaftsordnungen und deren Begriffen von Gerechtigkeit.

In seiner Jugend hatte der Großvater gesungen: ›Gott, schütze den Zaren‹, als Erwachsener musste er singen: ›Wir stammen alle aus dem Volke‹. Aber was war schon dabei? Der Großvater hatte ein gutes Gehör und eine schöne Stimme und wurde sogar zum Vorsänger bestimmt.

Die Eltern der Großmutter waren Großgrundbesitzer gewesen. Nach der Revolution sagte die Großmutter immer, dass sie Landwirte waren. Das war gelogen, aber nicht ganz. Ein gut ausgebildeter Großgrundbesitzer kannte sich mit Landwirtschaft aus, und so waren sie, in gewissem Maße, tatsächlich Landwirte. Den Familiennamen Scheremetjew verkürzten sie um ein Drittel, so entstand der Name Schermet. Ein guter Name, der in den Arbeiter- und Bauernstaat passte.

Ariadna wurde auf den Nachnamen Schermet eingetragen, da der biologische Vater nicht anwesend war.

Es hatte ihn natürlich einmal gegeben, aber man hatte ihn, da er aus dem einfachen Volk war, aus der Familie gedrängt.

Der Vater hieß Alik. Jedes Mal, wenn sie sich zu Tisch setzten, hatte Alik den Platz des Großvaters eingenommen. Die Großmutter hatte sich darüber aufgeregt und gesagt: »Setzen Sie sich auf Ihren Platz«, worauf Alik verwundert die Brauen hochgezogen und gefragt hatte: »Ist es denn nicht völlig egal, wo man sich hinhockt?«

Die Großmutter hatte schwer aufgeseufzt. Ihr war klar geworden, dass es in Aliks Familie keinerlei Traditionen gab und dass Alik selbst ohne anständige Herkunft, sozusagen ohne Stammbaum, war. Anständig essen konnte er auch nicht. Er wusste mit dem Besteck nicht richtig umzugehen und verschlang das Essen derart schnell, als hätte er Angst, dass man es ihm wegnähme. Zudem trank er den Tee aus der Untertasse, ja er schlürfte ihn geradezu wie aus einer Pfütze.

Alik ging gern in die Sauna, doch danach zog er ein ungewaschenes Hemd über, das stets nach Schweiß roch. Die Großmutter packte ihm ein sauberes, gebügeltes Hemd ein. Aber Alik tat es leid, so viel Schönheit zu beschmutzen und zu zerknittern, und so zog er doch das alte Hemd wieder an. Er war nämlich ein bescheidener Mensch. Jedoch die

Scheremetjews schätzten ihn nicht, und Lisa hatte ihre eigene Stimme noch nicht entdeckt. Natürlich hatte sie eine, aber die war noch zu schwach entwickelt, sie ging unter im lautstarken Lamento der Großmutter. Die war und blieb eben eine Gräfin.

Alik passte wirklich nicht zu seiner Frau. Sie waren einfach zu verschieden. Adas Mutter Lisa begann eine Karriere als Sängerin, sie liebte die Bühne, den vollen Saal, den Applaus und die Komplimente. Sie war ein öffentlicher Mensch. Und Adas Vater hasste all das. Er wollte nur in seiner Garage stehen und ein Regal zusammenschreinern. Äußerlichkeiten interessierten ihn überhaupt nicht. Aber Lisa konnte nicht bloß für sich selbst singen. Sie sang für andere. Nur dadurch lebte sie.

Ihre gemeinsame Eisscholle bekam immer mehr Risse, und schließlich trieben sie in verschiedene Richtungen auf den Ozean des Lebens hinaus. Lisa seufzte leicht auf, als wäre ihr ein schwerer Sack von der Schulter gefallen. Im Gegensatz zur Mutter litt Ada unter der Trennung. Sie liebte ihren Vater. Und auch der Vater liebte sein Töchterchen zärtlich und voller Hingabe. Die beiden hatten viel gemeinsam. Es gab wohl eine gemeinsame Prägeform.

Lisa hatte eine Singstimme wie ein Engel. Wenn sie sang, weinte die Großmutter. Sie konnte die

Tränen der Liebe und des Entzückens nicht zurückhalten. Alle erwarteten nun, dass Ariadna, abgekürzt Ada, eines Tages ebenfalls singen würde. Aber Ada hatte wohl einfach kein Ohr dafür. Sie heulte eher wie eine Sirene.

Ada wuchs in einer unvollständigen Familie auf, ohne Vater. Doch wer eine solche Großmutter hatte, dem fehlte ein Vater nun wirklich nicht.

Die Großmutter kümmerte sich um die Ausbildung, die Erziehung und die Ernährung. Sie brachte Ada ›gute Manieren‹ bei: richtig sitzen, den Rücken gerade halten, beim Essen den Mund schließen, Erwachsene nicht unterbrechen, keine Fragen stellen, nicht ungefragt von sich erzählen, das Gegenüber nicht für dümmer halten als sich selbst, nicht mit jedem Dahergelaufenen aus einer Schüssel essen, mit anderen Worten: Abstand halten. Ada sollte sich an der Mode orientieren, aber sich nicht lächerlich machen, und vor allem keine offensichtlich billigen Sachen tragen.

Die Großmutter ihrerseits trug an den Fingern die Familienbrillanten, die sie nie ablegte. Man könnte sie ja stehlen. Ihre Hände waren ständig im Wasser, mal wusch sie Kleidung, mal putzte sie Gemüse. Die Hände waren irgendwann nicht mehr gepflegt, die Finger waren aufgedunsen vom Wasser und vom Alter, aber die Brillanten veränderten sich nicht und schossen immer noch mit blauen Funken um sich. Im vollen Licht funkelten sie in allen Farben des Regenbogens, denn sie waren von lupenreiner Qualität.

Die Großmutter kümmerte sich um Adas Ausbildung, sie sprach mit den Lehrerinnen, überließ nichts dem Zufall. Einmal sah sie, dass Ada im Zeugnis einen Einser im Singen hatte. Wie sollte man denn das verstehen? Ada konnte keine Melodie halten, verfehlte jeden Ton – und plötzlich eine Eins im Singen. Das war Laschheit und Ungerechtigkeit in einem. Es war genauso ungerecht und falsch, wie wenn Ada in Allgemeinwissen eine Fünf bekommen hätte. Dieser Einser könnte das Verständnis des Kindes, was seine Möglichkeiten und Grenzen anbetraf, völlig aus dem Lot bringen.

Die Großmutter ging also zur Musiklehrerin und fragte nach: »Wieso haben Sie meiner Enkelin eine Eins gegeben?«

Die offensichtlich sehr in die Jahre gekommene Lehrerin verdrehte gequält die Augen und erklärte: »Diese Kinder führen sich alle dermaßen schrecklich auf in der Stunde. Sie springen über die Bänke, schreien herum. Nur Ihre Ada sitzt brav da und schweigt.«

Das hieß also, die Eins war nicht fürs Singen, sondern fürs Schweigen. Fürs Stillsein. Für die

Bescheidenheit. Fürs richtige Betragen. Die ganze Klasse quälte die schwache alte Frau und machte sich über sie lustig. Und das taktvolle kleine Mädchen hatte Mitgefühl mit ihr. Mitgefühl war ein kostbarer Zug, genauso wie Mitleid und Anteilnahme. Einen fremden Menschen spüren wie sich selbst, so dass eine Verbindung entsteht. Das kann man nicht andressieren. Damit muss man geboren sein.

Die Großmutter bestand feinfühlig auf der Note Vier. Das war keine Fünf oder Sechs, aber doch wenigstens keine Eins.

Die Lehrerin zuckte bedauernd mit den wenigen Wimpern.

›Warum arbeitet sie überhaupt noch?‹, fragte sich die Großmutter, hütete sich aber, es laut zu sagen. Um sie herum gab es inzwischen so viele unerklärliche ›Warums‹.

Lisa, Adas Mama, bekam nach dem Konservatorium im Bolschoi-Theater eine Stelle. Das Theater lag nicht weit von ihrer Wohnung entfernt, man konnte zu Fuß hingehen und den öffentlichen Verkehr meiden.

Die kleine Ada liebte das Bolschoi mit all seinem Prunk, dem vielen roten Samt und dem Gold. Außerdem gefiel ihr die Pracht der musikalischen

Ausstattung: ein ganzer Graben voller Musiker, dazu eine ganze Bühne voller Sänger, und alle musizierten zusammen, durchschnitten den Raum mit den höchsten Tönen. Und erst das Publikum, das, festlich gekleidet und sorgfältig frisiert, mit Wohlwollen lauschte. In der Pause sprangen die Leute nicht einfach durcheinander, sondern erhoben sich lautlos, bewegten sich würdig und setzten sich später anständig wieder hin.

Ada erstarrte in angespannter Stille, gemeinsam mit dem ganzen Publikum. Sie war ein Teil dieses Saales, ein Teil dieser menschlichen Gemeinschaft, und diese Teilhabe erfüllte sie mit Sinn und Stolz. Vielleicht hatte sie wirklich kein gutes Gehör, aber dafür hatte sie einen festen Platz in diesem Saal für die Auserwählten. Erste Reihe, Sitz Nummer sechs.

Ada lief ins Bolschoi-Theater wie zu sich nach Hause. Alle Frauen an der Theaterkasse kannten sie und ließen sie einfach durch. Sie setzte sich in ihre erste Reihe, dort waren immer freie Plätze. Anders, als man denken könnte, gilt die erste Reihe im Theater nicht als die beste. Es ist zu nah an der Bühne.

Eines Tages kam Ada in ihren Filzstiefeln ins Theater gelaufen. Draußen war Tauwetter. Die Filzstiefel waren durchnässt, und sie hinterließen auf dem Teppichboden des Bolschois feuchte, dunkle Spuren.

Das pompöse Bolschoi-Theater, rot-golden, mit Zarenloge – und plötzlich Filzstiefel und Schmutzspuren auf den Teppichen. Aber das war noch nicht alles.

Ada saß die ganze Oper *Aida* lang mit nassen Füßen da, erkältete sich und erkrankte an Angina mit anschließenden Herzproblemen. Die Herzprobleme hießen Rheumakarditis. Die Herzklappen hatten sich leicht deformiert. Beim Abhören konnte man ein irritierendes kleines Geräusch erkennen.

Die Großmutter kam schier um den Verstand, verwünschte sich für den dreimal verfluchten Tag, an dem sie die Enkelin bei Temperaturen um den Nullpunkt in Filzstiefeln aus dem Haus gelassen hatte. Jetzt hatte das Kind Herzprobleme, und das Herz ist schließlich das allerwichtigste Organ, es ist zum Leben unverzichtbar. Das Herz lässt das Blut durch den Körper fließen, und das Herz ist es schließlich auch, was einen lieben lässt.

Ada wurde vom Sport befreit. Ihre Mutter und Großmutter begluckten sie, erlaubten ihr nichts zu tragen, das schwerer war als zwei Kilogramm. Nur der Großvater war sorglos und dachte: ›Macht nichts, das wächst sich aus.‹

Und es wuchs sich tatsächlich aus.

Das Herzgeräusch blieb, aber es war beim Abhören kaum noch zu vernehmen. Der Herzfehler war kompensiert, er störte bei gar nichts mehr.

Ada entwickelte sich zu einer leicht entflammbaren jungen Dame. Sie verliebte sich ständig, und jedes Mal war es für immer. Mit zwanzig huschte sie aufs Standesamt und heiratete einen Medizinstudenten, einen gewissen Ossja, mit Nachnamen Moros. So wurde sie Ariadna Moros. Das war auch nicht schlecht, obwohl Ariadna Scheremetjewa natürlich besser geklungen hätte.

Ossja spezialisierte sich auf den Mastdarm, er war zukünftiger Urologe. Die Verdauung war die Grundlage aller Lebensaktivität. Ein kranker Mastdarm strich einem alle Freuden des Lebens rot durch, manchmal sogar den Sinn des Lebens. Deshalb war das Wichtigste am Menschen nicht das Gesicht, sondern ein ganz anderer Körperteil – fand jedenfalls Ossja.

Ossja installierte in der Wohnung ein Bidet. Hygiene war die Grundlage der Gesundheit. Die Muslime erkrankten zehnmal seltener am Mastdarm. Und warum? Weil sie Wasser benutzten, anstatt Toilettenpapier.

Adas Freundin Mirka fragte boshaft: »Ja, ist das denn eine Freude, den lieben langen Arbeitstag anderen Menschen in den Hintern zu schauen? Wenn er doch wenigstens Gynäkologe geworden wäre.«

»Wieso wäre das besser?«, fragte Ada.

»Dann würde er in die Pforte der Liebe schauen. Würde Kinder in Empfang nehmen.«

»Man gebärt einmal im Leben, na gut, vielleicht zweimal. Aber den Darm entleert man jeden Tag.«

Darauf konnte man nur schwer etwas entgegnen. Mirka verstummte. Sie beneidete Ada in allen Bereichen, und manchmal weinte sie sogar vor Neid. Sie weinte offen, ohne sich zu verstecken. Sie saß da, das Kinn aufgestützt, und wischte sich die Tränen mit ihren schlanken, nach oben gebogenen Fingern von den Wangen. Ada fühlte mit ihr, aber sie konnte ihr einfach nicht helfen. Sie konnte ja ihren Mann Ossja nicht hergeben, der so klug und tüchtig war. Ada schätzte ihren Ossja sehr hoch ein, und genau wie Tschechows *Herzchen* teilte sie alle seine Prinzipien. Und die waren: keinerlei Geld von den Eltern annehmen, alles selbst verdienen. Geld bedeutete Freiheit. Armut war erniedrigend. Und weiter: Die persönlichen Interessen standen höher als die gesellschaftlichen.

In den siebziger Jahren hatte man genau das Umgekehrte propagiert – das Gesellschaftliche ist wichtiger als das Persönliche –, und im Endeffekt gelang weder das eine noch das andere. Ossja ergab sich nicht dieser Sklavenideologie. Er hatte seinen eigenen Standpunkt entwickelt.

Als nach fünfzehn Jahren die Perestroika kam, sprang Ossja mit Leichtigkeit auf diesen Zug auf. Er musste sich gar nicht erst umstellen und damit Zeit verlieren. Ossja war zielstrebig und eröffnete eine Privatklinik, doch das geschah alles erst später. Damals aber …

Damals kratzten sie all ihr Geld zusammen und brachten kaum die Einlage für eine Genossenschaftswohnung auf. Ihre Hauptmahlzeit bestand aus etwas Fleisch und sehr viel Kartoffeln oder Frikadellen mit Makkaroni. An Feiertagen gab es Kohlrouladen und ›Salat Olivier‹.

Ada studierte an der Staatlichen Universität Moskau, an der Philosophischen Fakultät. Dort studierten alle diejenigen, die noch nicht wussten, was sie später mal machen wollten. So bekamen sie fürs Erste eine akademische Ausbildung, und danach würde man schon sehen. Vielleicht würden sie dann Schriftsteller oder Lehrer oder Redakteure bei einer Zeitung.

Ada hatte keine klar ausgeprägten Talente, außer dem Talent zu gefallen. Sie gefiel allen ohne Ausnahme: den Jungen und den Alten, den Klugen und den Dummen, den Katzen und den Hunden, den Militärs und den Bürokraten.

Ada hatte auch keine besonderen Neigungen. Sie wollte lieben und geliebt werden und mehr nicht.

Das ärgerte die Großmutter. Sie hatte davon geträumt, eine außergewöhnliche Persönlichkeit, eine Führernatur aufzuziehen. Ganz anders der Großvater. Er dachte so: Wenn ein Mensch morgens aufsteht und gute Laune hat, dann ist es ein gelungener Mensch. Die Fähigkeit, sich über jeden Tag zu freuen, das war der Sinn des Lebens. Das war von Gott gegeben, und alles andere kam von den Menschen und war darum weit weniger wichtig. Und die Gabe zu lieben – auch das war schließlich ein Talent. Das konnten nicht alle.

Außerdem: Ada war bezaubernd und wunderschön. Das Zauberhafte – das war ein seelisches Talent. Und die Schönheit – das war ein Talent der Natur. Mehr als nur eine Generation von Scheremetjews hatte sich abgemüht und aussortiert, um solch ein Exemplar zu erschaffen. Was wollte man da mehr?

Manchmal kam es Ada so vor, als ob sie Ossja zu wenig liebe, und dann erging sie sich in Liebesbeschwörungen, als wolle sie die unzulänglichen Gefühle mit Worten ausgleichen.

Ossja nahm ihre Bekenntnisse in sich auf, aber ohne besondere Erregung. Man konnte doch nicht ein Leben lang erbeben wie beim ersten Mal. Ossja lauschte schweigend und wohlwollend. Sie liebte ihn? Wie schön.

»Und du?«, fragte Ada.

»Ich dich auch«, sagte Ossja, aber ohne Biss.

Das war langweilig. Doch was sollte man da machen?

Anna Karenina hat diesen Übergang von der Leidenschaft zu einem ganz anderen Niveau nicht ausgehalten. Sie hat sich unter den Zug geworfen. Ada dagegen wurde schwanger und gebar einen Jungen.

Die Geburt blieb ihr in ekelhafter Erinnerung: Blut, unerträgliche Schmerzen, Angst – und das alles in einem kasernenartigen Gebäude, mit gleichgültigen Ärzten, quasselnden Krankenschwestern. Aber dafür verließ sie die Geburtsklinik nicht allein, sondern mit einem Söhnchen. Ossja trug das kostbare Bündel auf den Armen, gefolgt von einer ganzen Schar Verwandter.

Ossjas Verwandtschaft war vollzählig angetreten. Schließlich war da ein Stammhalter geboren worden. Sie hatten sogar schon einen Namen für ihn parat: Judas.

»Machen Sie Witze?«, fragte Lisas Mutter.

»Keineswegs«, antwortete Ossjas Vater.

»Judas war doch der, der Christus verraten hat«, erinnerte ihn die Großmutter.

»Judas wurde von der orthodoxen Kirche längst rehabilitiert«, entgegnete die Verwandtschaft. »Außerdem hat er seine Tat zutiefst bereut und sich an einer Espe erhängt.«

»Man wird das Kind in der Schule verspotten«, wandte Lisa erschrocken ein.

»Bis der Junge groß ist und in die Schule kommt, wird es solche Mistkerle gar nicht mehr geben«, erklärte Ossjas Vater zuversichtlich.

»Mistkerle gab es früher, gibt es heute und wird es immer geben«, seufzte Ossjas Mutter. »Wieso also dem Kind das Leben schwermachen? Leute, die ihm das Leben schwermachen wollen, wird es auch ohne uns genug geben.«

»Dann soll er Mark heißen«, schlug Adas kompromissfreudiger Großvater vor. »Das ist ein schöner Name und ein internationaler dazu.«

Und dabei blieb es: Mark Ossipowitsch. Das klang nicht schlecht.

Marks erstes Lebensjahr stellte sich als schwierig heraus. Es war sogar das allerschwierigste Jahr – in Adas Leben. Für eine Kinderfrau hatten sie kein Geld, und Kinderfrauen gab es offiziell damals auch noch gar nicht. Private bezahlte Lohnarbeit kam erst in den neunziger Jahren auf, nach dem Zerfall der Sowjetunion. In den siebziger Jahren musste man alles aus eigener Kraft schaffen.

Der Junge schlief schlecht, er wachte alle zwei Stunden auf. Ada schlief wie ein Soldat auf Wache.

Immer wenn sie gerade in das süße Vergessen gesunken war, begann das Kind zu schreien und riss sie aus dem Schlaf.

Auch tagsüber gelang es ihr nicht zu schlafen, Ossja war schon berufstätig und mehr als acht Stunden außer Haus. Ihre Mutter sang in der Oper: Proben, Aufführungen, ein ›Privatleben‹ mit der ersten Geige namens Fima. Fima versprach, sich von seiner Frau zu trennen, aber er ging es langsam an, nach dem Motto: ›Bloß nichts überstürzen.‹

Die Großmutter konnte schlecht laufen, die Knie taten ihr weh. Und wozu war der Großvater schon zu gebrauchen? Höchstens dazu, mit dem Jungen im Kinderwagen spazieren zu gehen, und auch das nur einmal pro Woche. Schließlich konnte sie ja nicht täglich mit dem Säugling quer durch Moskau fahren.

Ada wartete auf Ossja, um ihm das Kind zu übergeben und endlich ein bisschen zu schlafen. Aber Ossja aß eilig und wollte danach gleich irgendwo ›hinwuseln‹ – ein Ausdruck ihrer Freundin Mirka –, was hieß, davonflitzen, wie eine Küchenschabe, die es geschafft hat, unter der Handfläche hervorzukrabbeln.

Ossja liebte seinen kleinen Sohn, doch er wollte auch ein eigenes Leben haben, medizinische Fachliteratur lesen, fernsehen und – Himmel noch mal –

einfach mal dasitzen und über irgendetwas nachdenken. Adas ganze Zeit war von dem Kind ausgefüllt, da gab es kein Entkommen, das war nun mal das Los der Frau. Der Säugling würde ja ohne sie zugrunde gehen. Der Kleine war ja so hilflos, so wertvoll, so ein Schatz.

Dass das Kind ein Schatz war, wurde Ada nur in jenen seltenen Minuten bewusst, in denen Mark schlief und am Daumen nuckelte. Die ganze übrige Zeit funktionierte sie bloß wie eine Fließbandarbeiterin: wickeln, stillen, spazieren gehen, baden. Und dann wieder von vorn. Sie selbst hatte ungewaschene Haare und Sand in den Augen vom ständigen Schlafmangel.

Ossjas Verwandtschaft beteiligte sich an der Erziehung des Enkels in Form von Telefongesprächen und Geschenken zu Feiertagen. Lebenszeit gaben sie keine her.

Ossjas Mutter, Fira, liebte ihren Mann David Markowitsch, noch immer wie in jungen Jahren und bekannte sogar verschämt: »Ich liebe meinen Alten, ist das nicht lächerlich?«

»Wieso denn lächerlich«, sagte Ada leicht heuchlerisch. Denn natürlich fand sie es lächerlich. Eine alte Frau, die von der Liebe redete. Fira hatte schöne Augen, länglich und grün, mit schweren Lidern wie bei einem Krokodil. Sie war stattlich, nicht dick, trotzdem war sie eben eine alte Frau. Immerhin um die sechzig.

Ada wusste noch nicht, dass die Liebe nie vergeht, wenn man von einem Menschen wirklich begeistert ist. Eine echte Persönlichkeit kann man immer lieben.

Fira war ihrem David Markowitsch für vieles dankbar: für den Sohn Ossja, dafür, dass er sie nicht verlassen hatte, sich nicht einer anderen Frau zugewandt hatte, dafür, dass er sie ernährt hatte, ihr einen anständigen materiellen Lebensstandard gesichert hatte, dafür, dass er ihr einige kleine Fehltritte verziehen hatte. Fira hatte Erfolg bei Männern, und sie nutzte ihn auch aus, aber sie hatte nie ihre Familie verraten. Und auch David Markowitsch hatte seine Frau nie verraten. Warum etwas zerstören, was zusammengehört, so dachte er. Und was zusammengehörte, waren Fira, Ossja und er selbst.

Wie ein guter Schriftsteller einmal sagte: ›Ernsthaft lieben die Menschen einander erst im Alter.‹ Sechzig Jahre sind ja noch kein Alter, aber alle möglichen Spielchen sind bereits gespielt, es ist Zeit, Bilanz zu ziehen. Fira war zufrieden mit ihrer Bilanz. Sie war eine glückliche Frau, wenn sie es recht besah. Ganz im Unterschied zu Ada.

Ada kämpfte mit sich selbst. Sie wollte unbedingt noch etwas zusätzlich zu dem, was sie hatte.

Die Gewohnheit tötet die Leidenschaft. Und man wünscht sich doch genau die Leidenschaft, das Neue, das Unerwartete.

Ossja war ein guter Mann, seriös, zuversichtlich, äußerlich zwar nicht der Schönste, er wurde langsam kahl, aber er verstand es, Geld zu verdienen. Er hatte schon eine private Praxis, obwohl das vom Gesetz her noch nicht ausdrücklich erlaubt war. Doch Ossja waren die Gesetzesschranken zu eng, so lavierte er zwischen dem, was gerade noch erlaubt war, und dem Verbotenen, und alles glückte ihm. Ossja arbeitete viel, er schaute mit sturem Blick in die Mastdärme, denn in ihnen lag das Geld.

Mirka war neidisch, und ihre Tränen wurden immer salziger und ätzender, was auch verständlich war: Ada hatte einen Sohn, eine Familie, Geld und Schönheit. Und sie, Mirka, hatte nur ein goldenes Herz, das keiner wertschätzte.

Ada hatte tatsächlich alles, doch das war ihr nicht genug. ›Erwarte die Liebe, die unverbrüchlich treue, die so riesig ist, so groß wie der strahlende Glanz der Sonne im Ozean‹, sang mit silberheller Stimme eine Sängerin im Fernsehen. Ada erstarrte, auch sie suchte die unverbrüchlich treue Liebe, nicht die, die den Glauben an die Menschheit in die Brüche gehen ließ, sondern eine Liebe so groß, so riesig wie der strahlende Glanz der Sonne im Ozean.

Doch wo war sie, diese Liebe? Es gab sie nicht. Nur in den Liedern kam sie vor.

Eines Tages kam bei den Nachbarn eine Verwandte vom Dorf zu Besuch. Tante Gruscha war zweiundfünfzig Jahre alt, sah aber aus wie siebzig. Feldarbeit war offensichtlich nicht gesund, sie bedeutete eine große körperliche Belastung und zu viel Sonne. In Adas Augen war Tante Gruscha erstaunlich unschön: Sie war klein, hatte keinerlei Figur, alles war an einem Stück, und ihr Gesicht vergaß man gleich wieder. Aber dem kleinen Marik – so nannten sie ihn inzwischen – gefiel Tante Gruscha sehr. Ja mehr noch, er verliebte sich leidenschaftlich in sie, und etwas Schöneres als ihr Gesicht hatte er in seinem dreijährigen Leben nie gesehen. Aus Tante Gruschas Augen strömten hellblaue, warme Strahlen des Glücks, der Ruhe und der Güte. Marik aß gern aus ihrer Hand und an ihrer Brust schlief er leicht ein.

Tante Gruscha verliebte sich ebenfalls in Marik und träumte davon, ihn mit sich zu nehmen in ihr Dorf oder bei ihm in Moskau zu bleiben. Man entschied sich für Letzteres. So wurde Tante Gruscha Kinderfrau. Sie brauchte man gar nicht erst zu überprüfen. Es war keine große Sache.

Tante Gruscha hatte keine eigenen Kinder, und

all ihre unerfüllte Mütterlichkeit sprudelte nun auf Marik herab. Die Wohnung war plötzlich von Liebe und Sinn erfüllt. Wer hätte das gedacht, dass die kleine, stämmige Tante Gruscha das Heim so verschönern und bereichern würde.

Ada ging nun arbeiten. Sie fand eine Stelle beim Fernsehen, in der Musikredaktion. Fima hatte geholfen, er hatte Beziehungen. So war Fima doch wenigstens zu etwas gut.

Die Fernsehmenschen waren eine eigene Kaste. Man trat dort ein wie in eine Sekte – und das Kopf voran. Man kam nicht mehr von ihnen los, und man wollte es auch gar nicht. Die Fernsehmenschen gingen völlig in ihrer Arbeit auf, nicht aus Angst, etwas falsch zu machen, sondern aus Gewissenhaftigkeit. Sie wären sogar bereit gewesen, kostenlos zu arbeiten.

Ada hatte ihre musikalischen Vorlieben. Sie verstand nichts von Rockmusik und akzeptierte auch Schostakowitsch nicht. Für sie war Schostakowitschs Musik, wie wenn man mit einem Eisen über Glas kratzt. Sie schwärmte für die alten Romanzen, die modernen Chansons konnte sie nicht ausstehen. Da versuchten die Liedermacher mit heiserer Stimme zu singen, als wolle sie jemand ersticken. Die Kraft der Stimme wurde durch Geschrei ersetzt.

Man hatte Ada oft gesagt, dass sie nichts von Musik verstehe. Aber ein Redakteur brauchte das gar nicht unbedingt. Hauptsache, alle Papiere waren unterschrieben, für alle Stücke lag eine Genehmigung vor, die Musiker im Bild waren nicht besoffen, hatten kein blaues Auge und waren anständig angezogen.

Ada selbst zog sich unauffällig an: etwas Dunkles, Bescheidenes, Enganliegendes. Man erinnerte sich nie, was sie getragen hatte. Aber die Hände ... Schlanke Handgelenke, sorgfältig manikürte Finger, die Nägel lang und mandelförmig gefeilt, glänzend wie Eisbonbons. Und erst die Ringe: echte hochkarätige Brillanten von der Farbe blauen Wassers, geschliffen und gefasst in antiker Manier. Wer etwas davon verstand, sah sofort: An diesen Händen hing ein Vermögen. Und diese Hände machten klar, dass die einfache Redakteurin Ariadna Moros ganz und gar keine einfache Frau war.

Es war keine schlechte, aber eine ruhige Zeit: Die Familie, die Arbeit, Freundschaften, eine vielversprechende Kinderfrau, die Eltern lebten noch, die Großmutter und der Großvater waren noch gut beieinander – was wollte man mehr? Aber Ada wartete die ganze Zeit auf irgendetwas. Es war wie auf dem Bahnhof: Um sie herum Getümmel, jede Menge Leute, aber all das war nur vorübergehend, denn es war fremdes Getümmel, fremde Menschen.

Und dann würde ihr Zug kommen und sie mitnehmen in ein anderes Leben.

Sie feierten Adas Geburtstag. Es war ein halbrunder. Fünfundzwanzig Jahre. Ein Vierteljahrhundert.

Ada war traurig: Fünfundzwanzig Jahre, das war das endgültige Ende der Jugend, der Beginn des Erwachsenenlebens. Erwachsensein war schön, aber die Jugend war besser. Doch die Jugend verließ sie und sagte ›auf Nimmerwiedersehen‹. Wie schade.

Ada weinte auf dem Treppenvorplatz, Ossja tröstete sie. Er sagte, er würde sie immer lieben, auch als reife Frau und im Alter.

Mirka rief an. Sie fragte, ob sie einen Freund mitbringen dürfe. Ein Freund war bei ihr zu Besuch, und sie wusste nicht, wo sie ihn nun lassen sollte. Ada erkundigte sich nicht lange, was das für ein Freund war. Es war doch auch egal. Einer mehr oder weniger, die Stühle würden schon reichen, und zu essen gab es ja genug. Die Großmutter hatte sich eine ganze Woche lang in der Küche abgemüht.

Alle hatten sich gerade an den Tisch gesetzt, als es an der Tür klingelte.

Ada flitzte los, um zu öffnen. Sie riss die Tür auf und erblickte neben Mirka den Freund. Er sah gut aus, er ähnelte dem Komponisten Raimond Pauls. Seine Augenlider waren leicht angeschwollen, als ob ihn eine Hummel gestochen hätte. Vielleicht hatte er am Vorabend etwas getrunken. Aber das war ja auch gleichgültig. Was ging sie das an? Raimond Pauls war sowieso nicht ihr Typ. Ada mochte keine schönen Männer.

Der Freund streckte die Hand aus und stellte sich vor: »Leonardo.«

»Und wie würde das auf Russisch heißen?«, fragte Ada.

»Ganz genau so. Mein Väterchen hat sich das ausgedacht. Er war betrunken. Aber als ich den Pass bekam, hatten sie das O weggelassen. So blieb Leonard stehen. Abgekürzt: Leon.«

Er schämte sich für seinen Vornamen, er fand ihn aufgeblasen und geschmacklos.

Leonard arbeitete bei einer bedeutenden Zeitung auf einem bedeutenden Posten – er war Auslandskorrespondent –, und er würde bald in ein kapitalistisches Land fahren. Von einer solchen Karriere träumten viele. Jetzt sind andere Zeiten. Man fährt, wohin man will; vorausgesetzt, man hat Geld. Aber damals … Aus dem Sowjetreich in den Westen zu fahren, das war wie von einer Barke auf ein Luxusschiff umzusteigen, die Titanic zum Beispiel – vor ihrem Zusammenstoß mit dem Eisberg, versteht sich.

Leonard war mehr als erfolgreich, das war völlig

klar. Aber da, auf der Schwelle einer fremden Wohnung, fühlte er sich unsicher. Alle seine Errungenschaften schienen Kleinkram angesichts dieser jungen Frau. Sie stand da, aufrecht und schlank, wie ein Pfeil. Und sie war zielstrebig. Es war, als hielte sie es kaum auf einer Stelle aus, als müsse sie sich zum Stillstehen zwingen. Sie wollte wohl immer irgendwohin sausen oder zur Decke hochfliegen, oder vielleicht juckte es sie in den Füßen, weil sie solche Lust zum Tanzen hatte.

»Kommen Sie doch herein«, sagte Ada einladend. »Freut mich, Sie kennenzulernen.«

Und sie freute sich wirklich. Woher hatte Mirka bloß diesen Leonard? Wo hatte sie den wieder aufgetrieben? Vermutlich hatte sie ihn bei einer ihrer Freundinnen ausgeliehen. Mirka tat so etwas öfter. Wenn es ihr unangenehm war, irgendwo allein hinzugehen, rief sie eine Freundin an und bat: »Sei so gut und leih mir deinen Ehemann für einen Abend aus, nur um in die Botschaft zu gehen …« Manchmal hatte sie Glück, aber meistens nicht. Meistens sagten die Freundinnen: »Angle dir selbst einen Ehemann, dann kannst du mit ihm hingehen …« Kaum jemand wollte seinen Mann teilen, und sei es nur für einen Abend.

Später stellte sich heraus, dass Mirka Leonard nicht ausgeliehen hatte. Er war tatsächlich ein

Freund und Nachbar. Dort, wo er wohnte, vernichtete man gerade die Kakerlaken. Durch die Wohnung waberten giftige Dämpfe, und Leonard hatte Asthma, er musste für mindestens zwölf Stunden aus dem Haus verschwinden. So hatte Leonards Frau ihren Mann zur Nachbarin Mirka geschickt. Mirka wollte gerade zu Adas Geburtstag gehen und nahm Leonard einfach als Geschenk mit. Zusätzlich zu Leonard nahm sie noch das Parfum *Fidji* mit. Das gab es damals gerade zu kaufen. Es war das erste französische Parfum, das erhältlich war. Davor musste man mit den sowjetischen Eigenproduktionen *Silbernes Maiglöckchen* oder *Weißer Flieder* auskommen. Und so rochen alle sowjetischen Frauen in etwa gleich.

Leonard hatte außerdem einen riesigen Strauß weißer Astern in den Händen. Astern hielten lange, im Gegensatz zu Rosen, obwohl Rosen natürlich schöner waren.

Ada führte die Gäste zum Tisch. Die bereits Versammelten schauten sich interessiert die Neuankömmlinge an.

»Er ist mit mir da«, verkündete Mirka, wobei sie in Leonards Richtung nickte.

Mirka stellte ihn nicht als ihren Nachbarn vor. Man sollte diesen makellos gutaussehenden Mann für ihren Kavalier halten oder vielleicht sogar für ihren Verlobten. Wieso auch nicht? Worin sollte sie schlechter sein als die anderen Freundinnen, die mit ihren Ehemännern aufgetaucht waren? Nur sie war wieder einmal die einsame Ziehharmonika, auf der keiner spielte. Und so war es immer schon gewesen, Jahr um Jahr. Auch jetzt blieb wieder alles still bis zum Morgengrauen, genau wie in dem russischen Volkslied. Und auch das Morgengrauen brachte keinerlei Veränderung.

Leonard saß ruhig da und betrachtete die Gäste. Der Ehemann Ossja gefiel ihm ganz und gar nicht. Diese Augen, wie Oliven, und erst die roten, vollen Lippen.

Aber das Essen war hervorragend. Leonard verstand etwas davon. Er kochte selbst gern und dachte sich Rezepte aus. Vielleicht wäre das seine eigentliche Berufung gewesen, doch das Schicksal hatte ihm eine andere Beschäftigung untergeschoben.

Leonard war klar, wenn er sich nach Amerika aufmachte, musste er sehr viele Fähigkeiten haben. Er musste von vielem etwas verstehen, unter anderem auch davon, jemanden, der gebraucht wurde, anzuwerben und ihn dorthin zu locken, wo er gebraucht wurde. Das nannte sich Spionageabwehr im Ausland. Und Leonard gehörte zur Elite der Auslandsspionageabwehr. Davon durfte niemand etwas wissen, noch nicht einmal seine eigene Frau.

Diese Arbeit wurde gut bezahlt. Aber es ging nicht ums Geld. Es ging Leonard ganz und gar nicht um das Geld. Leonard diente seinem Land, seinem Staat. Und jeder Staat, genau wie jeder komplizierte Organismus, muss sich verteidigen können. Im menschlichen Organismus beispielsweise gibt es die Leukozyten. Wenn irgendwo eine Infektion entsteht, eilen die Leukozyten zur gefährdeten Stelle, fressen die Eindringlinge auf und sterben. Was ist schließlich Eiter? Das sind abgestorbene Leukozyten. Ohne äußere Abwehr würde der Staat geschwächt. Die fremden Viren würden ihn auffressen.

Das einfache Volk verhielt sich den ›Leukozyten‹ gegenüber vorsichtig. Aber das war nur Unwissenheit. Man konnte doch nicht allen Leuten alles erklären. Es war besser zu schweigen. Und Leonard schwieg. Er besah sich die Gäste. Die Gäste aßen und tranken, von Zeit zu Zeit sprangen sie auf und gingen ins angrenzende Zimmer, um zu Musik vom Tonband zu tanzen. Leonard schaute Tanzenden gern zu. Man sah beim Tanz das Temperament und den Charakter eines Menschen.

Ossja tanzte gut, aber hatte eine schlechte Figur: schmale hängende Schultern, dazu ein kleiner Bauch. Und wenn sich das Ganze in Bewegung setzte, war es doch ziemlich abstoßend anzusehen.

Ada tanzte selbstvergessen wie ein Kind, sie ging

voll und ganz im Tanz auf. Die Welt war wunderbar. Die Welt war nur dazu da, um sie, Ada, zu lieben, und alles in ihr rief: ›Liebt mich! Haltet mich fest, sonst fliege ich davon!‹

Leonard beneidete Ossja und litt. Um Ada nicht auf die Beine zu starren, wandte er den Blick zu den Leuten am Tisch. Da saßen ein alter Mann und eine alte Frau, sie schienen wie aus alten Zeiten entsprungen. Aber sie waren schön. Der Großvater ganz in Schwarzweiß gekleidet, mit kerzengeradem Rücken, einen eleganten Spazierstock neben sich an den Sessel gelehnt. Der Griff des Spazierstocks hatte die Form eines Hundekopfes und war aus antikem Silber. Der Großvater saß im Sessel und hielt die Hand auf den Hundekopf gelegt. Wie der Kosakenhauptmann Mazeppa in Tschaikowskis Oper.

Die alte Frau glich einem Adler. Ihre Nase war leicht gebogen, ein durchdringender Blick, scharfe Augen, die aus jeder beliebigen Höhe alles sahen. Vor so einem Blick konnte man nichts verbergen. So eine nannte man nicht ›Oma‹. Das war eine Dame. Am Hals trug sie große, leicht gelbliche Perlen. Das waren keine chinesischen Zuchtperlen, sondern echte, natürliche, auf dem Grunde des Meeres gewachsene. Auch die alte Frau war echt, so echt wie ihre Perlen. Und sie kannte den wahren Wert der Dinge.

Ebenfalls am Tisch saßen die Mutter, Lisa, und ihre Freundinnen, Künstlerinnen des Bolschoi-Theaters. Sie waren alle so um die fünfundvierzig. Sicher, sie sahen zehn Jahre jünger aus, aber ihr Zug war trotzdem abgefahren. Mit fünfundvierzig ging es nicht mehr vor noch zurück. Natürlich wollte man noch das große Glück, aber woher nehmen und nicht stehlen. Alle Gleichaltrigen waren verheiratet, so wie leider auch Fima. Da konnte man höchstens auf die Geschiedenen und Verwitweten zählen. Aber mit fünfundvierzig starb selten jemand. Also gab es nicht viel, mit dem man rechnen konnte.

Am Tisch saß auch die dritte Generation: Ada und ihre Freundinnen mit Ehemännern und auch ohne. Sie sogen das Essen in sich hinein wie die Staubsauger, ja sie fraßen wie die Scheunendrescher, das entsprach ihrem jugendlichen Alter nun mal.

Der Großvater blickte weise, wie ein alter Hund. Da war sie, die junge Sippe, die unbekannte. Der Großvater hatte ein langes Leben gelebt, voller Ereignisse. Er hatte als ein Scheremetjew gelebt und als ein Schermet. Der Unterschied war beträchtlich, aber trotzdem, das war immer noch besser, als in der Emigration zu sitzen und der Vergangenheit nachzuweinen, und natürlich war es entschieden besser, als überhaupt nicht mehr zu leben. Also hatte er alles richtig gemacht, als er den Kompromiss gewählt hatte. Er war nicht mit dem Kopf durch die Wand gegangen, wie es seine Freunde gemacht hatten, die Kämpfer für die Wahrheit. Wo waren sie jetzt? Und wo war er? Er saß an einem festlich gedeckten Tisch. Neben ihm war seine Frau, sein Fixstern, der ihm immer die nötige Richtung gewiesen hatte.

Vor ihm stand seine wunderschöne Enkelin. Wie schade, dass seine Tochter nur einmal ein Kind geboren hatte. Es wäre schön gewesen, ein zweites Enkelkind zu haben. Vielleicht einen Jungen. Der hätte alles weitergeführt, hätte das verlorene Vermögen wieder hergestellt. Obwohl, wenn man ehrlich war, musste man zugeben, dass jetzt nicht die Zeit war für bahnbrechende Naturen. Diejenigen, die etwas Neues wagten, gingen nämlich buchstäblich in den Untergrund – sie wurden strafgefangene Bergarbeiter, oder sie saßen im Gefängnis als ›Spekulanten‹. Jetzt konnte man sich nur der neuen Macht verkaufen, und nicht mal das brachte viel ein.

Die Zeit der Wahrheit war noch nicht gekommen. Aber sie würde kommen. Vielleicht erst nach seinem Tod. Der Großvater glaubte an Gott und fürchtete den Tod daher nicht. Er glaubte, dass der Tod der natürliche Übergang von einem Zustand in den anderen war. Der Tod – das war kein Punkt, sondern ein Komma.

Die Tischrunde kam langsam in Fahrt.

»Leo, bring einen Trinkspruch aus!«, rief Mirka.

Leonard erhob sich. Er überlegte. »Auf die Wurzeln«, sagte er. »Auf Großmutter und Großvater!«

»Und auf den Stamm«, rief der betrunkene Fima. »Auf die Mama!«

»Dann auf die Zweige, auf Ariadna!«, fügte Mirka an.

»Das sind ja schon drei Trinksprüche auf einmal«, sagte Ada. »Trinken wir auf jeden einzeln.«

Ada streckte Leonardo ihr Glas hin, und kurz bevor Kristall auf Kristall traf, berührten sich ihre Finger, Hand traf auf Hand. Der Funke sprang über. Es zuckte für einen Moment wie bei einem Stromschlag. Adas Herz geriet ins Stolpern. Sie errötete leicht. Ihr wurde warm, sie trank das Weinglas eilig aus. Sie setzte sich, wobei sie vermied, zu Leonardo zu schauen. Auf den Stamm und die Zweige trank man ohne sie.

Wieder wurde das Tonband eingeschaltet, es war ein schwerer Kasten mit sich drehenden Spulen. Die Zeit der CDs war noch nicht gekommen. Aber die Musik der siebziger Jahre war wunderbar: Tuchmanow, die Band ›Pjesnjari‹, die frühe Alla Pugatschowa.

Ada ging ins Nebenzimmer. Sie tanzte allein, als wolle sie die Musik ins Parkett stampfen. Sie brauchte niemanden dazu.

Mirka schnappte sich Leonardo und führte ihn zum Tanzen.

Langsame Musik schwebte im Raum. Ein Tango. Tango ist unbewusste Sexualität, oder besser gesagt die Vorbereitung zur Sexualität. Leonard fühlte für Mirka nichts dergleichen, da war einfach eine Leerstelle. Keinerlei Chemie. Alles in ihm schwieg. Mirka war aktiv, wie ein Kerl. Leonard mochte die Aktiven nicht. Er tanzte, und sein Kopf drehte sich dauernd in Adas Richtung, so wie die Sonnenblumen sich immer zum Licht wenden. Und er bemerkte es nicht einmal, es passierte ganz von allein.

Dann wurde es Mirka langweilig. Sie ließ Leonard mitten im Tanz stehen und angelte sich jemand anderen, es war Fima. Fima fühlte sich geschmeichelt. Ihm gefielen gerade die aktiven Frauen.

Leonard ging auf Ada zu. Sie ließ ihre Hände auf seine Schultern gleiten. Er legte seine große heiße Handfläche auf ihren Rücken. Sie glitt wie über Marmor. Seine Finger fühlten keine Unebenheit vom Büstenhalter. Dann trug sie also gar keinen …

Leonard spürte das Schlagen seines Herzens. Es schlug laut und dumpf. Er fürchtete, Ada könnte es hören.

Ada hörte es tatsächlich und legte ihre schmale kleine Hand auf seine Brust. Sie versuchte, das Tier zur Ruhe zu bringen, das sich da von der Kette reißen wollte. Er ließ sein Gesicht in ihr Haar sinken. Von ihren Haaren duftete es schwach nach Rosen und Regen. Das war kein Parfum. Das war ihr persönlicher Geruch, ihre natürliche Frische.

Leon wäre am liebsten vor ihr aufs Knie gefallen, und vielleicht sogar auf alle beide, hätte den Kopf geneigt, oder besser gesagt das Haupt, und wäre eine Weile so verblieben mit gesenktem Haupt. Aber … das wäre doch vielleicht unpassend gewesen, vor allem vor den Augen ihres Mannes. Er war schließlich in ein anständiges Haus gekommen, also sollte er sich auch anständig benehmen.

Leon kehrte an den Tisch zurück. Er trank mehrere Gläser Wodka in einem Zug aus, um etwas ins Gleichgewicht zu bringen. Was da rechts und links auf der Waagschale lag, war ihm nicht ganz klar. Wohl er selbst und dieser Abend. Er ließ sich auf einen Stuhl fallen und beobachtete, wie die Wände langsam verschwammen, mitsamt den Lüstern an der Decke und ihren Funken. Es verschwammen die Musik und die Stimmen.

Ada tanzte allein weiter. Ihr Gesicht, ihre Brust, ihr Bauch, ihre Knie, alles war auf Leonardo ausgerichtet, all das sang und lockte: ›Liebe mich …‹

Mirkas verschwommenes Gesicht tauchte auf und fragte: »Leo, ist dir nicht gut?«

Leonard kehrte nach Hause zurück und legte sich schlafen. Bevor er sich seinen Träumen ergab, konnte er gerade noch einen Namen hauchen: »Ariadna ...«

Morgens wachte er auf. ›Ariadna ...‹ war das Erste, was in seinem Bewusstsein auftauchte. Es war wie ein Seufzer.

Zu Hause, auf der Arbeit, im Bett bei seiner Frau, ja sogar im Arbeitszimmer bei seinem Chef, immerzu tanzte er Tango, und seine Finger glitten über die marmorglatte Fläche ihres Rückens, und die harten, spitzen kleinen Brüste piekstten ihn in seinen Oberkörper.

Der Chef fragte ihn etwas, seine Frau fragte ihn etwas. Was wollten sie nur von ihm?

Leonard starrte stumpfsinnig vor sich hin. Dann blinzelte er, sah seinen Gesprächspartner an und fragte: »Was ist?«

Seine Frau Soja musterte ihn misstrauisch.

»Schon wieder?«, fragte sie grummelnd. »Verdammter Schürzenjäger, du. Die Eier sollte man dir abschneiden ... Kastrieren sollte man dich, wie einen brünftigen Kater.«

Sie hätte natürlich zum Parteikomitee des Außenministeriums rennen können und sich beschweren.

Man hätte ihn zur Ordnung gerufen, er durfte die Familie nicht verlassen. Aber dann hätten sie beide auch das Land nicht verlassen dürfen. Man hätte ihm nicht mehr vertraut. Also musste sie alles verbergen, vor dem Parteikomitee genauso wie vor den Nachbarn und vor den Verwandten. Sie musste alles allein auf sich nehmen.

Soja hatte langsam die Nase voll von den Fehltritten ihres Mannes. Aber was konnte sie schon tun... So viele schwere Mängel er auch hatte, so besaß er doch ebenso viele gewichtige Vorzüge: Er hatte gute Karriereaussichten, er verdiente gut, die ›lichte Zukunft‹ lockte – Amerika. Solche Männer fielen einem nicht vor die Füße. Sie war doch nicht so verrückt, ihr Glück einer fremden Frau abzutreten. Außerdem war Leon schließlich der Vater ihres gemeinsamen Kindes. Und das war das Wichtigste, das Allerallerwichtigste.

Zu Beginn ihres Familienlebens hatte die Untreue ihres Ehemannes Soja schier umgebracht. Sie hatte jedes Mal einen Aufstand gemacht, hatte sogar einmal versucht, sich zu vergiften. Dann hatte sie sich allmählich an seine Seitensprünge gewöhnt. Nicht ganz natürlich, an so etwas konnte man sich ja gar nicht gewöhnen, aber immerhin... So hatte sie sich irgendwie mit der Situation abgefunden.

Und sie hatte sogar eine Rechtfertigung für ihn:

Es war ja nicht seine Schuld, wenn sich die Weiber ihm an den Hals warfen. Sie kamen aus allen Ritzen angekrabbelt wie die Küchenschaben. Doch er kehrte aus jeder Ecke der Welt immer wieder nach Hause zurück in sein Nest. Vergnügen und erotische Entladung gingen ihren üblichen Gang, aber das Nest wurde nicht auseinandergerupft.

So war jetzt wieder einmal eine neue Vergnügungsphase angebrochen. Leonard machte keine Anstalten, das Nest zu zerrupfen. Doch er dachte unaufhörlich an Ariadna.

Er kämpfte drei Tage lang mit sich: den ganzen Montag, Dienstag und Mittwoch. Am Donnerstag rief er Mirka an und bat um Adas Telefonnummer.

»Wozu brauchst du denn die?«, fragte Mirka boshaft.

Sie mochte es nicht leiden, wenn Leckerbissen von ihrem Tisch fielen.

»Ich weiß es nicht«, bekannte Leonard ehrlich.

Mirka zögerte es zuerst hinaus, aber dann diktierte sie ihm doch die Nummer.

Leonard schrieb die heißersehnten sieben Ziffern auf ein Zettelchen. Dann saß er lange da und starrte auf den Papierfetzen. Er war darauf vorbereitet, dass Ariadna nicht auf seinen Lockruf reagieren würde. Aber er musste sich bekennen und wie ein liebeskranker Vogel trällern.

Ariadna nahm sofort ab und sagte, irgendwo in den Raum hinein, mit gehetzter Stimme: »Hat Merkulow jetzt endlich unterschrieben?«

»Wie bitte?«, fragte Leonard.

»Entschuldigung, ich habe nicht Sie gemeint«, entgegnete Ariadna. »Wer spricht da, bitte?«

Leonard begriff, dass er gerade ins Epizentrum ihrer Geschäftigkeit geraten war. Sein Anruf kam wohl völlig ungelegen, aber er konnte doch jetzt nicht einfach aufhängen.

»Erkennen Sie mich nicht?«, fragte er.

»Ich erkenne Sie schon. Fassen Sie sich bitte kurz.«

»Wollen wir uns treffen?«, sagte Leonard. Vier Wörter. Kürzer ging es nicht.

»Wann und wo?«, fragte Ariadna, wieder mit derselben gehetzten Stimme.

Mit diesem ›Wann und wo?‹ begann ein neues Kapitel ihres Lebens. Ariadna war einverstanden gewesen, ihn zu treffen. Warum auch nicht? Alle ihre Freundinnen vom Fernsehen hatten ständig links und rechts Affären, nur Ariadna lebte ohne Abenteuer, ohne grelle Funken. Den Ehemann wollte sie nicht wechseln, aber wieso nicht ein bisschen was erleben … dem faden Familienalltag etwas Salz und Pfeffer hinzufügen …

Leonard wartete auf Ariadna am Ende ihres Arbeitstages. Er saß im Auto, das er neben dem Fernsehzentrum geparkt hatte. Der Fernsehsender befand sich damals noch in der Schabolowka-Straße.

Eine Schar junger Mädchen stürmte aus der Eingangshalle, lief an ihm vorbei und lugte in seinen Wagen.

Das war unangenehm, er empfand es geradezu als Zudringlichkeit.

Dann erschien Ariadna. Sie lief strahlend auf ihn zu. Es kam ihm so vor, als ob eine Aureole von Licht um ihren Kopf schwebte. Es war die Wolke aus hellem Haar, das leuchtete wie Kerzenlicht. Leonard stieg nicht aus, so war es konspirativer. Er öffnete nur die Beifahrertür. Und sie stieg ein.

Leonard ließ schweigend den Motor an, und sie fuhren davon aus dieser gefährlichen Zone voller Menschen.

Sie fuhren zum Restaurant Aragwi.

Einen besseren Ort fand man damals im Moskau der siebziger Jahre nirgends. Dort gab es immer das heiße georgische *Lawasch*-Brot, das im Tonofen gebacken wird, das frischeste Fleisch, Sahne, die wunderbar duftete, und graubläulich schimmernden schwarzen Beluga-Kaviar. Der Kaviar wurde aus Kamtschatka geliefert und kam noch am selben

Tag auf den Tisch. Und all das stellte man hungrigen Menschen vor die Nase. Nur so als Auftakt. Dann folgten nacheinander georgische Spezialitäten: *Lobio, Satziwi, Schaschlik*. Die Köche pfuschten nicht. Die Marke ›Aragwi‹ musste immer ihrem Ruf gerecht bleiben. Nur Georgier konnten so wunderbar bewirten.

Ariadna und Leonardo suchten sich einen Platz in einer Ecke. Hier war es warm und bequem. Und zu Hause war alles in Ordnung, wie Ada wusste. Marik war mit Gruscha zusammen. Da musste sie nichts kontrollieren, konnte sich entspannen.

Der Kellner brachte die ersten Vorspeisen und eine kleine Karaffe mit Wodka.

Leonard goss den Wodka in zwei Gläschen. Er durfte nichts trinken, er war ja mit dem Auto da. Aber vielleicht einen ganz kleinen Schluck … Er erhob sein Glas und sah ihr in die Augen. Dann fragte er: »Und jetzt?«

Darauf gab es keine Antwort. Es war ein rhetorisches ›Und jetzt‹. ›Und jetzt‹ war man eben zum ersten Rendez-vous zusammengekommen.

Ariadna sah in sein Gesicht. Hohe Brauenbögen, schwere Augenlider, sein Blick war ebenfalls schwer – und sehr männlich.

Die Nase war weder kurz noch lang, sie teilte das Gesicht genau in zwei Hälften. Ein großer

Mund, das war gut. Ariadna mochte keine feinen Gesichtszüge, und kurze Nasen konnte sie nicht ausstehen. Bei kleinen Nasen war in der Regel der Abstand zur Oberlippe zu groß. Aber hier war alles so, wie es sein sollte. Perfekte Proportionen. Doch es ging ja nicht um die Proportionen, sondern um den Ausdruck. Der Grundausdruck dieses Gesichtes war Gleichmut. Das Gesicht verriet überhaupt keine Gefühle. Oder besser gesagt: Es verbarg die wahren Gefühle. Er sah einen an wie eine Schlange, die einen verzaubern will. Und man begriff gar nichts.

Er gefiel ihr. Es gefielen ihr sein Gesicht, seine Kleidung, seine Seele und seine Gedanken. Obwohl die Seele und die Gedanken ihr noch unzugänglich waren. Aber sie fing ihre Ausstrahlung mit ihrem unsichtbaren Radar auf. Von ihm gingen schwere und heiße Wellen aus. Sie fühlte sich warm und aufgeregt in diesen Wellen.

Da schau sich mal einer diese Mirka an! Es schien, als wäre sie zu gar nichts zu gebrauchen, aber dann kam sie zum Geburtstag und brachte dieses Geschenk mit, diesen Leonard, diesen Leo.

»Darf man Sie Leo nennen?«, fragte Ariadna.

»Leo – das ist ein Löwe. Aber ich bin Leon.«

»Und zu Hause, wie nennt man Sie da?«

»Ljonja. Das klingt menschlicher.«

»Dann nenne ich Sie Leon.«

Er schaute unerschütterlich drein, doch die Spitzen seiner Wimpern bebten leicht.

Er versuchte, keine Fragen zu stellen, aber Ada wollte ihm aus irgendeinem Grund alles erzählen: über den Großvater und die Großmutter, die echten Scheremetjews. Darüber, wie der Großvater dem Sowjetischen Volkskomitee sein Anwesen am Arbat geschenkt hatte. Die Bolschewiken hatten das Anwesen genommen, nicht einmal danke gesagt, und hatten Arbeiter- und Bauernfamilien dort angesiedelt. Dem Großvater wurde erlaubt, im Geräteschuppen zu wohnen, einem separaten Häuschen von vierundsechzig Quadratmetern. Aber es hatte ein Fenster. Das Fenster ging nach Süden. Und auf dem Fensterbrett stand immer ein Topf mit Geranien.

»Und wer ist eigentlich dieser Merkulow?«, fragte Leonard.

»Mein Chef.«

»Sieht er gut aus?«

»Ja. Er sieht Maupassant ähnlich. Aber in alt. Er ist schon über fünfzig. Wird langsam Zeit, dass er seine Formulare für die Pensionierung vorbereitet.«

»Und ich, bin ich auch schon alt?«, wollte Leonard wissen.

»Wie alt sind Sie denn?«

»Siebenunddreißig.«

»Das ist viel …«, seufzte Ariadna. »Ich bin auch schon alt. Fünfundzwanzig. Aber ich suche immer noch das Glück.«

Eine Blumenverkäuferin trat an ihren Tisch. Leonard kaufte für Ada bulgarische Rosen. Mit langem Stiel und fest geschlossenen Knospen.

»Wozu das denn?«, rief Ada fast erschrocken. »Sie verwelken doch schon bald …«

Von Ossja war sie Blumen nicht gewohnt. Er verstand das nicht: Wozu viel Geld für etwas ausgeben, das am nächsten Tag verblüht wäre und in stinkendem Wasser stünde.

»Auch wir werden verblühen«, erinnerte Leonard.

»Wir werden nie verblühen«, sagte Ada im Brustton der Überzeugung.

Ein Kellner kam herbei und stellte die Blumen in eine Vase.

Die Rosen begannen ganz langsam, ihre Blütenblätter zu öffnen. Ein wenig vom Inneren wurde sichtbar.

Es waren Vselena-Rosen. Es gibt keine schönere Blume, keinen wohltuenderen Duft. Ja, es stimmte, sie verwelkten, vielleicht sogar schon morgen, aber heute waren sie frisch und wunderschön. Alles zeitlich Begrenzte ist ja genau darum wertvoll, weil es nicht von Dauer ist.

Leons Augen hatten die Farbe von starkem Tee, seine Lider waren schwer. Und so würde es immer sein.

Ada war ganz sicher, dass sie niemals alt werden würde. Ihr Körper würde sich immer leicht anfühlen und ihre Haut wäre immer seidig und glatt. Alle um sie herum würden älter werden, nur sie selbst nicht. Und außerdem kam es ihr noch so vor, als habe alles auf der Welt mit dem Tag begonnen, an dem sie das Licht der Welt erblickt hatte. Bis zu diesem Moment hatte es nichts und niemanden gegeben.

So begannen sie, sich regelmäßig zu treffen. Sie klapperten ihre Freunde ab – wer konnte ihnen für ein paar Stunden einen Schlüssel geben… Mirka zeigte Verständnis und stellte ihnen die Wohnung ihrer Mutter zur Verfügung, die von Zeit zu Zeit nach Rostow fuhr, um die andere Tochter, Mirkas Schwester, zu besuchen.

Auch Leon hatte Freunde, die Verständnis für die Lage der Verliebten hatten. Es war eine Abmachung auf Gegenseitigkeit: Heute du, morgen ich. Heute gaben sie Leon den Schlüssel für seinen Liebesfehltritt, und am nächsten Tag kamen sie zu ihm nach Hause, zu einem üppigen Familienfest, und brachten schöne Trinksprüche aus. Sie logen der Ehefrau ins Gesicht. Und am nächsten Tag druckten sie in der Zeitung einen Artikel ab, der die moralische Entwicklung des Sozialistischen Realismus besang. Sie begriffen genau, dass sie logen, aber das musste nun mal sein. *C'est la vie.* Es herrschte die Doppelmoral. Und nur Dummköpfe bissen die Hand, die sie fütterte.

Die Außenpolitik-Journalisten verstanden alles, aber sie schwiegen. Zu Hause hörten sie Wyssotzkij, insgeheim entzückt von dem systemkritischen, talentierten Liedermacher. Aber auf der Arbeit druckten sie Artikel über das böse kapitalistische Ausland. *C'est la vie.*

Und was das Gebot ›Du sollst nicht begehren deines Nächsten Weib‹ anbetraf, das beachtete in der zweiten Hälfte des zwanzigsten Jahrhunderts sowieso niemand. Mehr noch: Es galt sogar als lächerlich. Nur völlig beschränkte Typen ohne jegliche Phantasie konnten ihr ganzes Leben mit ein und derselben Frau verbringen und keine andere auch nur begehren.

Man begehrte sehr wohl: des Nächsten Hab und Gut, seine Frau, sein Auto und seine Datscha und vor allem: seine Dienstreise ins Ausland.

Neid ist ein starkes Gefühl, und teilweise sogar ein nützliches. Es ist ein Stimulus.

Oft hatten Ada und Leon aber auch gar keine Bleibe. Und dann gingen sie zum Bahnhof. Sie küssten sich auf dem Bahnsteig, wie vor einer langen Trennung, es waren die Küsse vor dem Abschied.

Die Menschen beachteten sie nicht sonderlich, und Ada und Leon standen sich gegenüber. Gesicht zu Gesicht, Atem zu Atem, langsam, quälend zärtlich tranken sie einander.

Ada verliebte sich bis über beide Ohren und wollte nicht an morgen denken. Jetzt war sie glücklich, und was später käme, würde eben kommen. Jetzt aufzuhören war unrealistisch. Es wäre wie das Bremspedal bei voller Fahrt durchzudrücken. Man würde sich nur überschlagen und sich sämtliche Knochen, vielleicht sogar den Hals, brechen.

Ada fürchtete ständig, ihr Glück würde sich wenden. Das gab es doch gar nicht, dass es einem so lange so gutging. Sie legte die Hände auf die Brust und bat die höheren Mächte: ›Bitte, rächt euch nicht dafür …‹

Und doch: Ein gestohlenes Glück ist wie Schnittblumen, es kann nicht lange halten.

Und tatsächlich geschah ein Unglück. Adas Vater kam ins Gefängnis, genau der Mann, der ihrer Großmutter von Anfang an nicht gefallen hatte. Geheiratet hatte er, nebenbei gesagt, nie wieder.

Man hatte Adas Vater wegen Totschlag hinter Gitter gebracht. Er hatte jemanden überfahren. Es war eine halbblinde, schwerfällige alte Frau gewesen. Aber das Alter spielte keine Rolle. Er habe ihren Tod durch seine Unvorsichtigkeit verursacht, hieß es. Dafür gab es ein Gesetz.

Im Untersuchungsgefängnis weinte der Vater oft. Er nahm in einem Monat zwanzig Kilo ab. Ariadna hatte Angst, dass er das alles nicht durchstehen würde. Sie bat den Richter durch seinen Anwalt, ihn doch besser gleich in die Verbannung zu schicken. Dort hätte er es besser – frische Luft und körperliche Arbeit, Bewegung, Gesellschaft. Auch wenn es nur auf primitivstem Niveau war, so hätte er doch jemanden zum Reden, einen gewissen Gedankenaustausch.

Der Vater erhielt sechs Jahre, das war weniger als die Mindeststrafe.

Aus der Verbannungszone Mordowija schrieb er, dass alles nicht so schlimm sei, nur das Essen sei schrecklich. Ob man ihm nicht ein Paar Wollsocken und zehn Knoblauchknollen schicken könne.

Das hieß, dass er fror und dass das Essen kaum Vitamine enthielt. Aber das Gefängnis ist schließlich eine Bestrafungsinstitution und kein Kurort. Wer kümmert sich da um Vitamine, wenn der Staat bestraft und sich rächt.

Bei einem ihrer Treffen sagte Ada zu Leon: »Morgen kann ich dich nicht sehen.«

»Warum nicht?«

»Ich bin eine Woche weg.«

»Willst du mich verlassen?«, fragte Leon erschrocken.

»Nein, eher wirst du mich wohl verlassen«, sagte Ada traurig.

»Worum geht es denn? Was ist los?«, fragte Leon nun langsam beunruhigt.

»Du darfst dich nicht mehr mit mir treffen. Du wirst Unannehmlichkeiten bekommen. Ich bin nicht mehr vertrauenswürdig.«

»In welchem Sinne?«, fragte Leonard hastig.

»Ich habe einen Vater im Gefängnis. Ich muss zu ihm hinfahren.«

»Für wie lange?«

»Für fünf Tage.«

Leon schwieg, er überdachte die Lage. Dann sagte er: »Ich kann kaum eine Stunde ohne dich sein. Wie soll ich da fünf Tage überstehen? Ich fahre mit dir.«

Ada dachte, er habe das nur so dahingesagt. Aber er fuhr tatsächlich mit ihr.

Er kam zum Zug nach Saransk angerannt und sprang in letzter Sekunde auf. Dann verteilte er im Abteil seine Taschen mit Stangen von Räucherwurst. Für die Wurst hatte er jemanden bestechen müssen, denn die konnte man damals nicht einfach so kaufen.

Der Zug ruckte an und fuhr los. Der Waggon schaukelte.

Leon saß Ada gegenüber und schaute sie mit seinem schweren Blick an, die Wangen vom Laufen gerötet. Sie sah in seine Augen, und heiße Dankbarkeit stieg in ihr empor.

Ihre Beziehung nahm eine neue Qualität an. Ihr wuchsen Wurzeln, wie bei einem Baum. Diese Wurzeln durchdrangen die Erde und hielten sie fest. So ein Baum konnte jedem Wind standhalten.

Nach drei Tagen fuhren sie zurück. Ariadna weinte die ganze Zeit. Der verlorene Gesichtsausdruck ihres Vaters hatte sie zutiefst erschüttert. Er war immer still und selbstgenügsam gewesen. Aber jetzt war er nur noch ein Schatten seiner selbst. Ein Körper ohne Seele.

Leon tröstete und beruhigte sie. Er fand die richtigen Worte, die ihr zu Herzen gingen, und mit einem Mal kam ihr die Zukunft nicht mehr so düster vor.

Das Abteil war leer, aber sie schliefen trotzdem zu zweit auf einer Liege. Sie brachten es nicht über sich, sich zu trennen. Ariadna fühlte sogar im Traum seine kräftige, vertraute Schulter, und sie konnte sich schon gar nicht mehr vorstellen, wie sie vorher ohne ihn ausgekommen war.

Leon rückte an die äußerste Kante der Liege, und um nicht herunterzufallen, ließ er den Arm auf den Boden sinken und stützte sich ab.

Leon lag da und lauschte dem Schlaf der Frau, die er liebte. Ihr Atem war wie Musik. Und doch stand ihnen die Trennung bevor: Die lang ersehnte Reise nach Amerika rückte näher. Aber jetzt brauchte er dieses Amerika gar nicht mehr. Er wäre bereit gewesen, für immer in diesem engen Abteil zu bleiben, auf einer engen Liege mit aufgestützter Hand zu schlafen, alles, Hauptsache, mit ihr zusammen.

Mitten in der Nacht zog er dann doch auf die Nachbarliege um. Er musste wenigstens ein bisschen Schlaf bekommen, um den kommenden Tag zu überstehen.

Sie kamen als andere Menschen aus Mordowija zurück.

Ariadna vertraute Leonard nun. Er war der Mann ihres Lebens, in Freud und Leid. Über Politik sagt man: Das ist ein schmutziges Geschäft. Wahrscheinlich gab es in den Gewässern, in denen Leonard schwamm, tatsächlich viel Trübes, doch auch in trüben Gewässern kann man ein anständiger Mensch bleiben. Man kann Politiker sein, Schürzenjäger, ja sogar Alkoholiker, und doch seinen guten menschlichen Kern bewahren.

Leon hoffte, die Reise nach Amerika würde sich irgendwie verzögern, würde verschoben werden, aber … Als er nach Hause kam, erwartete ihn bereits seine Ernennung als Auslandskorrespondent in den USA. Und zwar für lange. Für fünf Jahre. Das war das Ende von allem.

Seine Frau Soja erwartete die Abreise wie die Nachtigall den Sommer. Amerika würde ihr ihren Ehemann zurückgeben. Bei den Auslandsdienstreisen rückten die Familien normalerweise wieder enger zusammen. Außerdem wollte sie einmal das gute Leben genießen, in einem angenehmeren Klima leben, lecker essen und ganz allgemein ihre materielle Lage verbessern. Sie wollte etwas zum Weiterverkaufen mitbringen, wollte so etwas dazuverdienen. Und überhaupt, Amerika – das war das Babylon, das alles verschlucken und wiederkäuen würde.

Leonard konnte sich nicht vorstellen, ohne Ariadna zu leben, aber er zwang sich, nicht daran zu denken. Er fand sich irgendwie ab. Es gab Schlimmeres, mit dem man sich abfinden musste, als eine Auslandsreise. Taucher fanden sich mit einem Leben unter Wasser ab. Alte Leute fanden sich mit dem Gedanken an den Tod ab. Wenn es sein musste, dann musste es eben sein.

Sie verabschiedeten sich per Telefon. So war es leichter und schneller. Ariadna wollte keine leeren Worte. Was sollte das noch? Es war doch auch so alles klar.

Leon konnte es nicht ändern. Er hatte schließlich einen Sohn, eine Karriere. Er konnte eben nicht alles hinwerfen.

Und sie konnte ja auch nichts ändern. Der Kreis war vorgezeichnet. Aus diesem Kreis auszubrechen hätte geheißen, seinen Nächsten ganz real Böses zuzufügen. Und alles nur, weil es ihr gefiel, mit ihm zu schlafen, ihn anzuschauen, ihm zuzuhören, ihn ganz in sich einzuatmen. Was sollte daraus schon werden … Kummer, und sonst gar nichts. Sie hätte erst gar nicht damit anfangen dürfen. Sie hatte gedacht, na ja, so eine kleine Affäre … Das würde vorbeigehen wie eine Erkältung. Aber es stellte sich heraus, dass die Liebe eine schwere chronische Krankheit war.

Leon reiste ab, doch nach einem halben Jahr kehrte er zurück.

Die ganze Zeit über war es ihm so vorgekommen, als ob er in einem Aquarium gelebt hätte. Als hätte er zusammengekauert unter Wasser gesessen und nicht geatmet. Und wie lange kann man es schon aushalten, ohne zu atmen? Es ist unumgänglich, irgendwann aufzutauchen und die Lungen voll Luft zu tanken. Und die Luft – das war Ariadna.

Leonard hatte versucht, die Sehnsucht im Alkohol zu ersäufen, aber das machte alles nur schlimmer. Er stellte fest: Wenn es ihm gutging, ging es ihm mit Alkohol noch besser. Aber es galt auch das Gegenteil: Wenn es ihm schlechtging, dann wurde es mit Alkohol noch schlimmer. Dann landete er völlig in der Sackgasse.

So begann er, sich Gründe für eine Rückkehr auszudenken. Man ließ ihn für vier Wochen nach Hause. Er düste nach Moskau. Schon vom Flughafen aus wollte er Ada anrufen. Aber entweder war der Apparat kaputt oder am anderen Ende telefonierte jemand – er bekam jedenfalls nur das Besetztzeichen zu hören.

Da nahm Leon ein Taxi und fuhr zur Schabolowka-Straße.

Gerade kam Ariadna aus dem Eingangsportal. Sie erblickte Leonard – und sagte sich, dass sie jetzt wohl Halluzinationen habe. Wie hätte er plötzlich hier erscheinen können? Es war wohl einfach ein Mann, der Leonard ähnlich sah. Aber der Mann kam auf sie zu. Er war es tatsächlich. Da war sein Geruch, der leichte Duft nach Apfelsinen. Halluzinationen dufteten nicht.

»Bist du es?«, fragte Ariadna für alle Fälle.

»Ja, ich bin es«, bestätigte Leon.

Sie fuhren ins ›Aragwi‹. Wohin auch sonst?

Sie besprachen alles ohne überflüssige Worte.

»Ich kann nicht ohne dich sein. Und ich werde es nicht sein«, sagte Leon einfach. »Ich habe beschlossen, mich von meiner Frau scheiden zu lassen.«

Ariadnas Blick umrundete das geliebte Gesicht. Er war müde, hatte einen Dreitagebart, einige Borsten standen wild ab. Er sah aus wie ein Partisan, der sich durch Feindesland geschlagen hatte und schließlich angekommen war.

»Man wird dich von deinem Posten jagen«, sagte Ada. »Bei euch werden Scheidungen doch nicht gerade gefördert.«

»Was meinst du mit ›bei euch‹?«

»Bei den Spionen.«

Leon schwieg. Er verneinte nicht, und er bestätigte nicht. Dann sagte er: »Wie es kommt, so kommt es eben. Ich bin bereit, den Beruf zu wechseln.«

»Man wird dir keine Arbeit geben. Nirgends.«

»Was kommt, das kommt …«

Ariadna konnte es kaum glauben. Dies alles,

sein Gesicht, diese Hände, seine Wärme und sein Atem – all das könnte ihres werden. Ihr Los war gerade dabei, sich zu verändern. Doch jede große Veränderung bringt unmenschliche Anstrengungen mit sich und manchmal auch völlige Verwüstung.

Aber alles erwies sich als gar nicht so schrecklich.

Er brauchte seinen Beruf nicht zu wechseln. Leonard war ein geschätzter Kader, solche gab es nicht im Überfluss. Die Chefs versuchten zunächst, ihm die Scheidung auszureden, ihn einzuschüchtern, aber Leonard hatte keine Angst, und er beharrte auf seinem Standpunkt. Schließlich entschieden sie, doch keine Sanktionen auszusprechen und alles so zu lassen, wie es war. Sie würden so tun, als hätten sie nichts gemerkt. Da war eine Ehefrau, und dann war da eine andere. Das würde in der Vita gar nicht groß auffallen. Na, und man lebte schließlich nicht mehr im Stalinismus. Die Zeiten waren milder geworden, da konnte man sagen, was man wollte …

Mit den Vorgesetzten ging also alles glatt. Aber mit der Familie war es schwieriger, als er angenommen hatte.

Er hatte sein inneres Erdbeben lange vor Soja verborgen gehalten. Aber eine Ahle kann man nicht in einem Sack verstecken, wie es im russischen

Sprichwort heißt, und Soja wurden Gerüchte zugetragen. So reiste sie schnellstens nach Moskau.

»Ist das wahr?«, fragte Soja ganz ruhig.

»Es ist wahr.«

»Was hast du beschlossen?«

»Mich scheiden zu lassen. Ich ziehe aus.«

»Aber Wolodja sagst du das selbst«, sagte Soja. Sie bestand darauf. »Geh und sag es ihm.«

Leonard zögerte. Seine Beine wurden bleischwer wie in Puschkins *Der steinerne Gast*. Soja nahm ihn bei der Hand und zog ihn mit sich ins Zimmer ihres Sohnes.

»Sag es ihm!«, kommandierte Soja.

Der zehnjährige Wolodja setzte sich aufs Bett. Er richtete seine runden, so innig geliebten Augen auf den Vater.

»Wolodja ... Ich ziehe weg von euch, aber ich lasse euch nicht im Stich ...«

»Wohin gehst du?«, fragte Wolodja verständnislos.

»Papa hat sich in eine andere Frau und einen anderen Jungen verliebt«, erklärte Soja.

»Ist das wahr?«, fragte Wolodja verwundert.

»Nein. Das ist nicht wahr. Ich liebe nur dich.«

»Warum gehst du dann weg?« Wolodja sah den Vater aufmerksam an.

»Wegen der ehelichen Beziehungen.«

»Und was ist das?«

Wolodja schaute den Vater an und wartete. Er war noch zu klein, um das alles zu verstehen. Er fühlte lediglich, dass da etwas ganz Schreckliches in der Luft lag. Und er hätte am liebsten losgeschrien.

Leonard konnte seinem Sohn nicht länger in die Augen schauen. Es war, als ob er seinem eigenen Verrat gegenübersäße.

Da drehte er sich um und ging aus dem Zimmer. Es war ihm noch nie so schwer ums Herz gewesen wie jetzt.

Am nächsten Tag kam eine Nachbarin zu Soja und machte ihr eine Szene. Offenbar hatte Wolodja ihren Sohn Wadik zu einer Art Mutprobe angestiftet: Sie sollten vor einem heranfahrenden Auto noch schnell über die Straße rennen. Und sie rannten tatsächlich los, waren fast unter die Räder von Lastern und Personenwagen geraten.

Soja suchte ihren Mann auf und sagte: »Da siehst du, was du erreicht hast. Der Junge will sich umbringen.«

Leonard war wie vom Donner gerührt. Er ging zu seinem Sohn.

»Warum hast du das gemacht?«, fragte er ihn.

»Ich wollte es beweisen.«

»Was wolltest du beweisen?«

»Dass ich vor gar nichts Angst habe.«

»Nicht mal zu sterben?«

»Nein, davor auch nicht.«

»Und wem wolltest du das beweisen? Mir?«

»Dir auch.«

»Mach das nicht mehr. Ich bitte dich sehr.«

»Dir ist es doch sowieso egal. Du gehst ja weg.«

»Nein. Ich gehe nicht weg.«

So beschloss Leonard, bei seiner Familie zu bleiben. Seinen Sohn konnte er nicht opfern.

Ariadna erklärte sich inzwischen Ossja.

Ossja hielt sich stoisch aufrecht, er verbarg seine verletzte Eigenliebe. Nachdem er sich mit seinem Vater besprochen hatte, beschlossen sie, die Güter in drei Teile zu teilen. Zwei Teile bekäme Ariadna, da das Kind bei ihr blieb, und ein Drittel erhielte er selbst.

Ossja überließ Ariadna die Wohnung, aber er nahm die Möbel mit. Die Möbel waren antik, aus karelischer Birke mit Bronzebeschlägen. Ossjas Vater hatte gewusst, wie man sein Geld gut anlegte.

So blieb Ariadna zwischen nackten Wänden sitzen, aber sie hatte ein Dach über dem Kopf. In der ersten Zeit aßen sie auf dem Fensterbrett, auf das sie eine Zeitung legten. Sie schliefen auf Matratzen am Boden.

Leonard ließ sich Zeit. Er trat nicht ein in das

neue Leben mit Zeitungspapier auf dem Fensterbrett. Aber es ging natürlich nicht um die Fensterbretter, sondern um die Menschen, die ihm am nächsten standen.

Vorher war es ihm vorgekommen, als sei alles einfach: Er hatte seinen Sohn bei sich, und er hatte eine geliebte Frau. Aber nein, das Leben war nicht so einfach ... Es hatte sich buchstäblich ein Erdbeben ereignet, die bebende Erde hatte sich gespalten bis zum Kern. Sein Sohn lief bedrückt umher. Soja ging jeden Abend ins Badezimmer und weinte. Sie ließ Wasser dabei laufen, damit man ihr Schluchzen nicht hörte.

Leonard magerte ab, sein Gesicht wurde immer schmaler. Er wusste nicht, was er tun sollte. Ausziehen konnte er nicht. Und bleiben konnte er auch nicht. Er hatte es Ariadna versprochen. Und Ariadna hatte bereits den ersten Schritt getan. Ein Gedanke jagte ihm durch den Kopf: Mit dem Auto gegen eine Wand fahren, dann müsste er weder hierbleiben noch weggehen.

Ada verstand überhaupt nichts mehr.

Leonard hatte versprochen, am Freitag bei ihr einzuziehen, und dann war er plötzlich verschwunden. Weder am Freitag noch am Samstag noch am Sonntag tauchte er auf.

»Warst du auf der Datscha?«, versuchte Ariadna zu erraten, als sie ihn endlich am Montag auf der Arbeit erreichte.

»Ich war auf einem diplomatischen Empfang«, redete sich Leon heraus.

Mit einem Mal wurde Ariadna klar, dass ihr dasselbe Los zuteilwerden würde wie vielen ihrer Freundinnen. Die Männer spielten auf Zeit, solange es irgend ging. Und wenn den Frauen der Geduldsfaden riss, verschwanden sie auf Nimmerwiedersehen. Sie blieben in ihren Familien stecken. Die Zeit arbeitete gegen die Geliebten. Denn Männer verloren nicht gern ihr vertrautes Leben. Bei ihnen bildeten sich Gewohnheiten heraus. Und es schien ihnen unerträglich, sie zu ändern.

Ariadna lief Sturm. Sie besprach sich mit Mirka. Mirka rief Soja an.

»Hier spricht die Hausverwaltung, Morosowa am Apparat«, stellte sich Mirka vor.

»Wer?« Soja begriff gar nichts.

»Die Leiterin des Verwaltungskomitees von Ihrem Wohnblock.«

»Worum geht es denn?«

»Die Sache ist die, dass ein Mieter namens Muchin bei uns Beschwerde eingereicht hat. Aus Ihrem Fenster ist eine Plastiktüte mit Abfall geworfen worden und hat seinen Mantel beschmutzt.«

»Wann?«, fragte Soja verwundert.

»Am Samstag. Um ein Uhr mittags.«

»Wir waren am Samstag gar nicht da. Mein Mann, mein Sohn und ich waren von Freitag bis Montag auf der Datscha. Wir haben eine Funktionärsdatscha bei Snegirja.«

»Ach, dann entschuldigen Sie bitte«, sagte Mirka. »Dann war es wohl ein anderes Fenster.«

Sie legte den Hörer auf. Es klingelte an der Tür. Es war Leonard.

»Wenn man den Esel nennt, kommt er gerennt«, kommentierte Mirka.

Ariadna öffnete die Tür und fauchte, wobei sie aber jeden Buchstaben klar artikulierte: »Wenn du morgen nicht mit Sack und Pack bei mir einziehst, mache ich alles rückgängig.«

Leonard war verstört. Er hatte Ariadna noch nie zornig gesehen. Sie faszinierte ihn. Sie war furchteinflößend und gleichzeitig wunderschön, wie eine fauchende Katze mit gesträubtem Fell.

»Wie, rückgängig?«, fragte Leon.

»Ich hole Ossja zurück und die Möbel. Ich stelle meine Familie wieder her. Ich gedenke nicht, als ewige Geliebte zu leben und alt zu werden. Ist das klar?«

Alles war klar, auch ganz ohne Worte. Aber mit diesen Worten umso mehr.

Am nächsten Tag zog Leonard mit einem Koffer ein. Er war über sich selbst hinausgewachsen.

Eine ganze Woche lang betrank er sich. Der Alkohol war seine Narkose. Sonst hätte er den Trennungsschmerz nicht ausgehalten. Es war ihm Lebendiges aus dem Leib gerissen worden.

Leonard aß nichts und schlief auch nicht. Er bot einen schlimmen Anblick.

»Dann geh halt zurück«, schlug Ada ganz im Ernst vor. »Geh zu ihnen, wenn du ohne sie nicht leben kannst.«

»Aber ich kann auch ohne dich nicht sein.«

»Mir bist du nichts schuldig. Aber ihnen schuldest du etwas.«

»Was hat denn schuldig oder nicht schuldig damit zu tun?«, seufzte Leonard auf. »Geht es denn wirklich darum?«

»Dann nimm es einfach leichter«, riet Ada.

»Ich kann es nicht leichter nehmen. Das klappt nicht.«

»Du bist eben in deinem Inneren ein anständiger Mensch. Darum geht es.«

»Nein, ich bin im Äußerlichen ein anständiger Mensch«, korrigierte Leonard.

»Wieso im Äußerlichen?«

»Weil Menschen, die in ihrem Inneren anständig sind, anders leben.«

Ariadna verstand, dass ihn Gewissensbisse plagten. Und das würde noch lange dauern. Wenn nicht sogar für immer.

Das Leben ging in neuen Bahnen weiter.

Soja fing an zu arbeiten. Sie hatte eine Stelle als Krankengymnastin in der Klinik des Kremls gefunden. Acht Stunden am Tag verbrachte sie mit anderen Menschen. Das lenkte sie von ihren Grübeleien ab, es zerstreute sie.

Wolodja lernte Karate.

Alles sah gar nicht so hoffnungslos aus: Sie hatte eine Arbeit, das Kind und ein Heim. Aber dieses Haus war auf Sand gebaut. Von außen betrachtet war alles, wie es sein sollte: Wände, Fenster, Dach. Aber da war kein Fundament. Ein Luftzug, und alles fiele in sich zusammen.

Das Fundament eines Heims war die Liebe. Und die Liebe war woandershin gegangen.

Soja sah sich nach Männern um. Alle waren vergeben. Jeder hatte zu Hause eine Frau und seine eigenen Kinder. Was sollte er da mit fremden? Und die, die keine Frau hatten, die niemand brauchte – die brauchte sie auch nicht. Nach einer so ausgeprägten Persönlichkeit wie dem erfolgreichen, gutaussehenden Leonard war es schwer, sich auf irgendeine graue Maus einzustellen.

Soja wurde langsam munterer, doch ihre frühere Welt war zerbrochen. Auslandsaufenthalte, Empfänge in der Botschaft, Diners nach Protokoll mit allem Schnickschnack, festliche Kleider, mit dem Wagen bis zum Eingang gefahren werden – all das hatte sich aufgelöst wie eine Fata Morgana in der Wüste. Stattdessen gab es nun die kleinen Kabinen in der krankengymnastischen Praxis, die nur mit Vorhängen voneinander abgetrennt waren. Genau so musste sich Joséphine gefühlt haben, als Napoleon gegangen war. Sie hatte sich weiterhin herausgeputzt und geschmückt, hatte sogar mit dem russischen Zaren kokettiert, aber … ihre Welt war zerbrochen. Ein Haus ohne Fundament. Wo immer sie hinschaute, fiel ihr alles auf den Kopf. Alles wiederholte sich spiralförmig, nichts änderte sich auf der Welt, weder unter dem Mond noch unter der Sonne.

Ariadna gefiel Leonards Freunden. Sie war hübsch, ruhig und steckte ihre Nase nirgends hinein. Sie war gut erzogen – das Verdienst ihrer Großeltern. Die gute Erziehung stach einem sofort ins Auge: Sie aß anständig, konnte zuhören, zeigte dem Gesprächspartner Wertschätzung, und was das Wichtigste war – sie prahlte nicht.

Auch Ariadna gefielen Leonards Freunde und

ihre Ehefrauen. Sie waren im Allgemeinen gut situiert, selbstsicher, führten ein gesundes Leben. Hier gab es kaum Alkoholiker oder Randalierer. Solche hätte man im ›Dienst‹ nicht behalten. Ganz anders als beim Fernsehen. In ihrem Milieu traf Ariadna alles an: Satte und Hungrige, Erfolgreiche und Versager, Neidische und Gutmütige. Alle rannten mit fettigen Haaren herum und trugen am liebsten Schwarz, damit man nicht oft Wäsche waschen musste.

Ariadna wurde befördert. Alle wussten, dass ihr neuer Ehemann nicht irgendein Ossja war, sondern ein Auslandskorrespondent. Er gehörte zur Nomenklatura. Und das hieß, auch Ada war nicht mehr einfach Ada, sondern gehörte nun zur ›Familie‹ und hatte Privilegien.

Die Kolleginnen und Kollegen beneideten sie natürlich, aber sie waren nicht boshaft. Denn Ariadna verhielt sich anständig. Im Grunde ihres Herzens war sie gutmütig wie ein alter Opa. Sie liebte die Menschen und fühlte mit jedem mit. Jeder hatte doch irgendetwas, wofür man ihn bedauern konnte. Sogar die englische Königin. Alle sahen zu, beurteilten und verurteilten. Und wer durfte schon über eine Königin urteilen?

Oft kam Mirka auf einen Sprung vorbei. Sie verschlang Unmengen von Essen und stellte Unmengen von Fragen. »Wie geht es Ossja?«, fragte sie.

»Er hat seine Doktorarbeit verteidigt«, antwortete Ariadna, während sie die Suppe kostete. Sie kochte immer abends. Sonst hatte sie keine Zeit dafür.

»Ach, gib mir ein Tellerchen voll«, bat Mirka.

Gehorsam gab ihr Ariadna einen Teller Suppe und einen Löffel.

»Du bist also dabei, einen Wissenschaftler-Ehemann gegen einen KGB-Ehemann einzutauschen?«, fragte Mirka.

»Das habe ich bereits getan«, präzisierte Ada.

»Bist du völlig verrückt geworden?«

»Wieso denn?«, fragte Ada verständnislos.

»Der KGB dient dem Regime. Und jedes Regime bedeutet Gewalt.«

»Aber man kann doch Staat und Regierung nicht abschaffen.«

»Abschaffen kann man sie nicht, aber man kann sie sich so weit wie möglich vom Halse halten.«

»Jetzt haben wir nicht mehr das Jahr siebenunddreißig, sondern dreiundsiebzig.«

»Und was hat sich geändert? Bloß, dass sie einem die Zähne nicht mehr ausschlagen. Dafür schicken sie einen jetzt in die Klapsmühle.«

»Leon hat nie jemanden irgendwohin geschickt. Er gehört zur Elite. Zum Gehirn.«

»Genau das ist ja das Allerübelste«, bemerkte Mirka.

Ariadna probierte, ob das Fleisch gar war, und verbrannte sich am Löffel.

»Ich habe nicht die Funktion geheiratet, sondern den Menschen. Und was die Funktion betrifft, Geheimdienste gibt es in allen Ländern: CIA, SIS. So ist die Weltordnung nun mal gemacht.«

»Man kann mit der Weltordnung auch *nicht* einverstanden sein.«

»Und was ändert das dann?«, fragte Ada.

»Die Weltordnung ändert sich dann. Nicht sofort, aber Schritt für Schritt.«

»Ich kann mir nicht vorstellen, wie man es mit einem ganzen Staat aufnehmen kann. Das ist doch, wie wenn man einem Schnellzug einen Fußschemel in den Weg stellt. Der Zug zerlegt den Schemel einfach in alle Einzelteile, und niemand bemerkt es überhaupt.«

»Und was ist mit den Bürgerrechtlern? Daniel, Sinjawskij, Swerjew …«

»Das sind Schemel. Kranke Menschen.«

»Krank bist hier nur du. Wenn du schon nicht kämpfen kannst, dann geh zur Seite, und küsse den Staat wenigstens nicht.«

»Ich küsse nicht den Staat, sondern einen Mann.«

Mirka stöhnte auf.

»Hast du Zahnweh?«, fragte Ariadna einfühlsam.

»Ich stöhne nur vor Vergnügen. Es ist einfach so köstlich. Ich habe den ganzen Tag nur trockenes Zeug gefuttert.«

»Soll ich dir noch Suppe nachschöpfen?«, fragte Ada.

»Eigentlich bin ich schon satt. Aber gut, nutze ich mal die Gelegenheit und haue richtig rein.«

Ada stellte ihr einen zweiten Teller hin. Und Mirka nutzte die Gelegenheit und haute rein. Die weltanschaulichen Meinungsverschiedenheiten verdarben ihr nicht den Appetit.

Dann geschah etwas mit der Großmutter.

Sie hatte am Herd gestanden und Frikadellen gebraten. Plötzlich nahm sie einfach die Schürze ab und legte sich aufs Bett.

»Was ist los?«, fragte der Großvater verwundert. »Bist du krank?«

»Ich mag nicht mehr kochen«, antwortete die Großmutter. »Ich stehe schon seit sechzig Jahren am Herd. Ich hab genug davon.«

»Und was ist mit dem Mittagessen?«

»Weiß ich nicht. Ist mir egal.«

Der Großvater war verstört.

»Aber unsere Lisa ist doch so erschöpft, wenn sie heimkommt. Du kannst sie doch nicht zwei Schichten arbeiten lassen: im Theater eine und dann noch zu Hause«, entgegnete der Großvater.

»Ist mir egal«, sagte die Großmutter.

Eine Woche später ging es der Großmutter immer noch nicht besser. Sie starb in der Morgendämmerung, ganz wie es sich gehört.

Der Großvater konnte es einfach nicht glauben. Er warf die mageren Arme in die Luft und rief: »Sonjetschka, wohin ist deine liebe Seele nur gegangen?«

Aber Sonjetschka sagte kein Wort mehr. Der Großvater huschte im Zimmer herum, wie ein großer Vogel, der zufällig in einen unbekannten, zu engen Raum geflogen ist.

»Nein!«, schrie er. »Nein, nein, nein …«

Er schlug den Kopf gegen die Wand. Es war schrecklich mit anzusehen.

Der Großvater hätte jetzt auf sein gewohntes Konformismusprogramm umschalten können und sich mit Gott einverstanden erklären. So war die Welt nun mal gemacht, alle starben schließlich irgendwann. So wie allen, so ergeht es auch uns. Und man muss doch dankbar sein: Sonjetschka hätte schließlich auch früher sterben können, oder sie hätte erst gar nicht geboren werden können …

Aber der Großvater wollte sich nicht mit Gott einverstanden erklären, er wollte sich mit dem Tod seiner Frau einfach nicht abfinden. Er schrie und wütete im wahrsten Sinne des Wortes: Er zerschlug die Glastür zum Wohnzimmer.

Dann legte er sich hin, wurde langsam still und stand nicht mehr auf.

Er stand auch am Abend nicht mehr auf.

Lisa hatte den Verdacht, dass der Großvater etwas geschluckt hatte, das er bereits früher einmal, für den Notfall, vorbereitet hatte. Das hieß, dass sein Konformismus nicht allumfassend war. Mit manchen Dingen hatte er sich abfinden können, mit anderen aber nicht.

Der Großvater hatte sich mit dem Verlust seines Status in der Gesellschaft abfinden können – er war vom Adligen zum Sowjetdiener geworden. Er hatte sich mit dem Verlust seines Reichtums abgefunden, mit dem Verlust seiner Villa, mit dem Verlust des Landes, das er einmal gekannt hatte. Doch mit dem Verlust seiner Frau konnte er sich nun mal nicht abfinden. Es war wohl so, dass die beiden ein gemeinsames Ganzes gewesen waren.

Aber seltsamerweise hatte der Großvater die Liebe zu seiner Frau nie groß zur Schau gestellt. Sie hatten sich einfach mit einem kurzen Blick aus dem Augenwinkel verständigt, hatten einander wortlos verstanden. Meistens hatten sie miteinander geschwiegen, aber das war kein angespanntes, erschöpftes Schweigen aus Langeweile, wenn alles schon gesagt ist und es nichts hinzuzufügen gibt.

Das war das Schweigen einer tiefen, befriedigenden Ruhe, wenn man nichts mehr braucht, außer dem, was man schon hat.

Man begrub sie in ein und demselben Grab. Offensichtlich hatte der Großvater das so gewollt. Am Tag der Beerdigung wäre er fünfundneunzig Jahre alt geworden.

Ariadna weinte vor sich hin. Sie war untröstlich. Man versuchte sie zu beruhigen, redete auf sie ein: Welch langes Leben, gebe Gott allen, so lange zu leben. Man sollte nicht weinen, sondern sich freuen. Genau wie in Indien.

Aber Ariadna wollte nichts hören. Objektiv gesehen war das sicher alles richtig. So ein langes Leben war ein Geschenk des Schicksals. In diesem grausamen Jahrhundert überhaupt am Leben geblieben zu sein, ja sogar seinen Urenkel noch erlebt zu haben.

Aber Ariadna beurteilte das Ganze nicht objektiv, sondern subjektiv. Das war schließlich ihr Großvater, der ewig leben sollte, der unendlich geliebte. Es war ihre Großmutter, ihr Schutz vor allen Feinden – äußeren und inneren. Ohne sie beide war das

Band zerrissen, das ihr Leben fest zusammengehalten hatte. Es war ein Spalt entstanden, in den eisiger Wind hereinblies.

Die Großeltern hinterließen der Enkelin eine Mitgift: eine kleine Schublade mit Schmuck. Und was für Schmuck … Saphire in Cabochon-Schliff, hochkarätige Brillanten, Smaragde und Opale. All das war von unschätzbarem Wert. Was für ein Kerl der Großvater doch gewesen war. Er hatte doch nicht alles an Lenin verschenkt. Etwas hatte er noch für seine Nachfahren aufbewahrt.

Leonard fuhr nach Riga, dort hatte er ›seine Leute‹. Er verkaufte einen Teil des Schmucks, verwandelte die Edelsteine in Geld.

Für dieses Geld kauften sie eine Datscha in der nahen Umgebung von Moskau. Sie renovierten sie, möblierten sie und hängten ein paar Bilder auf. Es wurde das reinste Landgut.

Wann immer sie freie Tage hatten, fuhren sie raus aufs Land, an die frische Luft, auch um Mariks Willen. Das war gleich ein ganz anderes Leben.

In der ersten Zeit brachte Ariadna die Mahlzeiten mit, dann stellten sie die Köchin Galja an, die gleichzeitig die Wächterin war.

Leons Freunde kamen herausgefahren. Sie setzten sich um den ovalen Tisch. Die Köchin Galja lief zur

Hochform auf, sie bemühte sich sehr, alle zufriedenzustellen. Und das gelang ihr vollauf.

Das Essen war von erlesener Qualität, und man hätte kein einziges Gericht auslassen wollen.

Die versammelte Tischgesellschaft war ebenfalls von erlesener Qualität. Es gab nicht einen zufälligen Gast, von Mirka mal abgesehen. Aber Mirka kam sowieso bloß, um sich den Bauch vollzuschlagen. Sie lebte nach wie vor allein und war zu faul, nur für sich zu kochen. An den Gesprächen nahm sie nie teil. Sie aß und ging wieder. Das war ihre Form des Protests.

Mirka war eine Freundin des Hauses, sie war hier Dauergast. Ihr verzieh man alles.

Die Freunde, die kamen, waren ebenso treue Gäste. Es waren immer dieselben acht Leute. Genau so viele Gäste, wie Stühle um den Tisch passten, die Gastgeber nicht eingerechnet.

Sie aßen und tranken, sangen die Lieder von Wyssotzkij und Galitsch, die Lieder genau der Sänger, die sie aus dem Land vertrieben hatten. Man konnte doch nicht die Lieder singen, die erlaubt waren, diesen ›Bum-bum-bum‹-Kram.

Einer der Gäste, mit Namen Staroselskij, setzte sich ans Klavier und spielte Chopin. Er spielte ziemlich gut.

Ariadna hörte zu, und es kam ihr in den Sinn:

›Was will man sich da denn noch wünschen? Gar nichts …‹

Leon wünschte sich ein gemeinsames Kind, aber Ada hatte Angst. Das neue Kind würde alle väterliche Liebe auf sich ziehen, und für Marik würde nichts übrig bleiben. Leon würde sich in das neugeborene Kind verlieben, und er würde ausschließlich sein eigenes Kind lieben.

Ariadna wollte nichts riskieren. So vermied sie eine Schwangerschaft.

Staroselskij kam an den Tisch zurück und begann zu essen. Dann sah er vom Teller auf und verkündete: »Ich habe beschlossen, ein Stück zu schreiben. Es heißt *Abgebrochener Flug*.«

»Geht es um Liebe?«, fragte Ariadna.

»Nein, es geht um das koreanische Flugzeug.«

Vor kurzem war in der Sowjetunion etwas passiert, was die ganze Welt sprachlos gemacht hatte. Die sowjetische Luftwaffe hatte ein südkoreanisches Passagierflugzeug abgeschossen, das bis auf den letzten Platz besetzt gewesen war. Das Flugzeug war in den sowjetischen Luftraum eingedrungen.

»Und über was schreiben Sie?«, fragte Ada verständnislos.

»Über was? Na, ist doch klar, über das Spionage-Flugzeug. Es kam hergeflogen und hat alles Mögliche aus der Luft ausspioniert.«

»Na gut, mal angenommen, es wurde alles Mögliche fotografiert. Und was gab es da zu sehen?«, fragte Mirka, die es nicht länger aushielt.

»Unsere Raketen.«

»Na gut. Dann haben sie die gesehen. Und weiter?«

»Wie, was weiter? Das ist ein Staatsgeheimnis. Schon allein ihr Standort.«

»Und deshalb muss man zweihundertsechzig Menschen ins Meer stürzen? Vom Himmel herab? Frauen und Kinder. Nur die Puppen sind noch auf der Wasseroberfläche geschwommen …«

»Ich sage ja nicht, dass es gut ist«, verteidigte sich Staroselskij.

»Und was sagen Sie dann?«, fragte Mirka.

Leon beugte sich zu Ariadna und flüsterte ihr ins Ohr: »Komm, lass uns ein Baby machen. Noch heute.«

»Ja, gut«, sagte Ada, obwohl sie genau wusste, dass es kein Baby geben würde.

Gegen Abend fuhren alle ab. Ariadna fühlte sich müde. Entweder kam es von der verräucherten Luft, oder weil sie Wein und Wodka durcheinandergetrunken hatte …

Sie drehte ihren Sessel zum Fenster um. Sie wollte nur die Natur anschauen: die Bäume, den Himmel.

Die Bulldogge des Nachbarn lief vorbei, die ein sehr menschliches Gesicht hatte. Sie ähnelte dem Nachbarn, seinem Herrchen, der Jurist war. Sie hatte genau denselben hervorstehenden Unterkiefer, die glatte Stirn, den vernünftigen Blick.

Ariadna hatte in der Nacht einen Traum. Ihr fielen die Zähne aus.

Sie rief sofort Mirka an und fragte, was das wohl bedeuten könnte.

»War es mit Schmerzen verbunden?«, fragte Mirka genau nach.

»Nein, ich hatte keine Schmerzen. Sie fielen einfach bloß aus.«

»Das hat was mit Tod zu tun. Irgendjemand wird sterben«, warnte Mirka.

Und es war, als habe sie es wie durch Wasser vor sich gesehen. Es starb tatsächlich jemand: Ariadnas Mutter Lisa. Sie starb direkt auf der Bühne. An Herzversagen.

Es war ein guter Tod, wenn man es genau betrachtete. Nur zu früh. Sie war ja erst fünfzig gewesen.

Fima, die erste Geige, weinte bei der Beerdigung sehr, man konnte kaum hinsehen. Er hatte Lisa wohl wirklich geliebt. Und seine Familie liebte er auch. Er war ein fürsorglicher untreuer Ehemann, eine verbreitete jüdische Variante.

Ariadna dankte Gott, dass ihre Mutter nach der Großmutter und dem Großvater gestorben war. So hatten sie deren Tod nicht mehr miterleben müssen.

Ariadna konnte kaum glauben, dass die Mutter nicht mehr da war. Es war, als hätte man ihr eine Tür ins Gesicht geschlagen. Sie ging nur noch wie eine Schlafwandlerin umher.

Sie würde Zeit brauchen, bis ihr das alles richtig bewusst würde und sie es voll und ganz begriff.

Ariadna kam sich nun wie eine Waise vor. Ihr blieben nur noch der Sohn Marik und Leon.

Dieses Ereignis verband sie noch fester mit Leon, obwohl es eigentlich gar nicht mehr fester ging. Leon war klar: Er war der einzige Schutz, den Ada hatte. Er war ihr Ein und Alles.

Liebe und Anbetung fluteten das Haus. Sie nannten sich nicht bei den Vornamen, sondern gaben sich alle möglichen Spitznamen: Häschen, Kätzchen, Pusik-Musik …

Durch die Liebe atmeten sie. An der Liebe hielten sie sich fest wie an einem Rettungsring.

Bei Mirka kam von Zeit zu Zeit Soja vorbei, wie es unter russischen Nachbarinnen üblich war. Sie klingelte an der Tür.

Mirka öffnete. Soja stand in einem alten Hausmantel da, sie hatte quasi kein Gesicht. Ihr Gesicht war von den vielen Tränen weggewaschen worden.

»Ich habe beschlossen, mich umzubringen«, verkündete Soja, ohne hereinzukommen.

»Und wie?«, fragte Mirka ganz ruhig und interessiert.

»Was ist das denn für eine Frage?«, sagte Soja gekränkt.

Sie hatte Entsetzen oder wenigstens Mitgefühl erwartet. Und stattdessen gab es nur ein flegelhaftes ›Und wie?‹.

»Das ist eine ganz normale Frage. Du sagst, du willst sterben, und ich frage: wie?«

Soja schwieg einen Moment. Ihr Gesicht war mehr als unglücklich. Sie hatte die Augen einer verlassenen Ziege.

»Lass dir bloß nicht einfallen, dich aufzuhängen«, sagte Mirka vorwurfsvoll.

»Wieso nicht?«

»Du bepinkelst dich und kackst dich voll. Da hängst du dann ziemlich unvorteilhaft da. Man müsste sich ja vor den Leuten schämen.«

»Wieso?«

»Weil die Schließmuskeln sich entspannen, und dann läuft alles raus.«

»Wirklich?«, fragte Soja verwundert. »Das höre ich zum ersten Mal.«

»Und aus dem Fenster musst du dich auch nicht werfen. Du zerschlägst dir die ganze Visage. Und wie siehst du dann im offenen Sarg aus?«

Soja dachte nach. »Und was bleibt dann noch? Sich erschießen?«

»Das ist natürlich das Beste. Aber wo kriegst du eine Pistole her? Und dann noch die Riesenputzerei hinterher.«

»Was für eine Putzerei?«

»Das gibt es doch nur im Kino: ein kleines, feines Loch im Schädel. Aber in echt, weißt du, was da passiert? Der halbe Kopf fliegt weg, und das Gehirn klebt an den Wänden. Die Gehirnmasse ist nämlich eine ganze Menge, so ungefähr einen Eimer voll.«

»Wie entsetzlich«, sagte Soja schaudernd.

»Sag ich doch. Komm rein, wir trinken erst mal einen Tee.«

Soja kam herein. Sie tranken Tee. Soja betrachtete Mirkas asketische Bleibe: ärmliche Möbel, trübes Licht. »Wie in einer Höhle«, sagte sie schließlich. »Du wohnst wie ein Eremit.«

»Ich brauche nicht mehr«, bekannte Mirka. »Ich komme ja nur zum Übernachten heim. Einen Tisch habe ich, ein Bett habe ich, und alles andere ist überflüssig.«

»Und einen Mann hast du auch nicht. Glück ist doch nichts Überflüssiges.«

»Es war mir nicht gegeben«, sagte Mirka seufzend.

»Wer hat es dir nicht gegeben?«

»Gott. Er hat es eben nicht in meinen Korb gelegt.«

»Dann hat er es mir also auch nicht in den Korb gelegt?«

»Doch, das hat er, aber dann hat er es wieder herausgenommen.«

»Vielleicht denkt er noch mal drüber nach? Und legt es mir wieder zurück?«

»Du kannst ihn drum bitten.«

»Wie denn?«

»Was? Weißt du das denn nicht? Hast du noch nie gebetet?«

»Nein, nie.«

»Erinnere dich: *Vater unser im Himmel, geheiligt werde dein Name, dein Reich komme, dein Wille geschehe wie im Himmel so auf Erden ...*«

»Das ist ja direkt Personenkult, nichts als Lobhudelei«, bemerkte Soja.

»Na klar. Wer ist er? Gott. Und wer sind wir? Die Diener Gottes.«

»Und das hilft?«, fragte Soja.

»Was?«, fragte Mirka verständnislos.

»Na, das Gebet ...«

»Mir hilft es. Ganz ehrlich. Mir wird dann leichter ums Herz. Und zwar sofort. Ich bete, und sofort setzt Erleichterung ein. Na, probier es halt aus.«

Soja schloss halb die Augen und begann vor sich hin zu murmeln, wobei sie sich in jedes Wort versenkte: »Vater unser … Hilf mir, bitte. Geheiligt sei dein Name. Schenke mir deine Aufmerksamkeit. Schau, ich bin noch nicht alt. Ich habe noch lange zu leben, so um die vierzig Jahre. Du kannst doch nicht zulassen, dass ich die ganze Zeit allein bin, dass ich ohne Zärtlichkeit lebe und mich ins kalte Bett lege. Lieber Gott …«

Leon und Ariadna lebten von Zeit zu Zeit im Ausland. Sogar für länger. Ada freute sich immer zweimal: zum einen, wenn sie aus Moskau wegfuhren, und zum zweiten, wenn sie nach Hause zurückkehrten.

Am Anfang wollte sie mal was anderes sehen, eine andere Umgebung, neue Eindrücke. Neue Eindrücke, das sind Vitamine für die Seele. Aber nach einer gewissen Zeit zog es sie zurück nach Moskau. Sie hatte Lust, wieder zu Hause zu sein, in den eigenen vier Wänden, von der russischen Sprache umgeben, inmitten von russischen Charakteren. Die Ausländer waren halt doch anders, sie hatten nicht den russischen Charme, die russische Weite nach allen Seiten – in die geistigen Höhen genauso wie in die tiefsten Unverschämtheiten. Es war langweilig, es war fremd.

Leon war sehr beschäftigt, wenn er im Ausland arbeitete. Wohin er ging, was er tat, darüber verbreitete er sich nicht. Und Ariadna fragte nicht. Je weniger man weiß, desto besser schläft man.

Dann tauchte Gorbatschow auf und brachte die Perestroika mit sich.

Der Friedensnobelpreisträger Sacharow kehrte aus der Verbannung nach Moskau zurück.

Leonard verlor seine Arbeit.

Alles brach vor ihren Augen zusammen. Licht und Schatten wechselten die Plätze. Die Geschichtsbücher wurden umgeschrieben. Es wechselte nicht nur die Stimmung im Land, auch die Vergangenheit wurde eine andere. Das Lesen wurde plötzlich interessanter als das Leben selbst.

Ariadna ließ sich ihren alten Familiennamen zurückgeben: Scheremetjewa. Sie überlegte, ob sie das Familienanwesen im Zentrum von Moskau zurückverlangen sollte. Aber die Renovierung hätte sämtliche Ersparnisse aufgefressen und sogar noch Schulden bedeutet.

Leon war verwirrt wegen der neuen Zeiten, im Gegensatz zu seinen Kollegen. Die Mitarbeiter des

Außenministeriums mutierten wie die Viren. Diese Viren waren ewig.

Leon schlüpfte nicht wieder unter. Er war wie ein Dinosaurier, der aus dem Farnkraut herausgekommen ist und nichts versteht: Das Klima war plötzlich anders, die Pflanzen waren andere, und auch die Tiere ringsumher waren nicht mehr die gleichen.

Ariadna reagierte genau umgekehrt. Sie spürte mit Entzücken, dass man jetzt das Ruder in die eigene Hand nehmen und dieses neue Leben selbst steuern konnte. In ihr erwachte ihr Großvater.

Ariadna verkaufte geschickt einen weiteren Teil des Familienschmucks. Im Lande gab es jetzt Reiche und Superreiche, die ihn kaufen konnten. Und sie nahm einen Kredit bei der Bank auf. Der Bankier, ein ehemaliger Mitarbeiter des Außenministeriums, gab ihr den Kredit zu Vorzugsbedingungen.

Ariadna kratzte das Startkapital zusammen, und nichts wie vorwärts, wie seinerzeit Hauptmann Tschapajew. Sie eröffnete ein Restaurant im Zentrum von Moskau. Sie nahm sich einen Geschäftspartner, einen jungen Burschen. Der Enkel genau jenes Staroselskij, der damals das Stück hatte schreiben wollen. Sie einigten sich auf eine Teilhaberschaft von je fünfzig zu fünfzig Prozent. Ada fand, so sei es am einfachsten, finanziell und organisatorisch.

Zu Anfang warf das Restaurant einen beträchtlichen Gewinn ab. Der Gästestrom versiegte nie. Das war auch verständlich: Die Küche war ausgezeichnet und das Lokal gemütlich. Und es lag im Zentrum der Stadt. Ariadna jubilierte. Aber diese Musik spielte nicht lange. Plötzlich riss der Gewinn ab. Warum? Wieso? Es blieb unklar.

Ariadna fragte ihren Partner, den jungen Staroselskij: »Andrej, was ist da los?«

»Die Lebensmittel sind nun mal teurer geworden«, antwortete Andrej ausweichend.

Das nächste Mal schob er es auf die Zwischenhändler. Jedes Mal fand er einen neuen Grund.

»Lass uns die Buchhaltung aufteilen. Es soll jeder seinen eigenen Buchhalter haben«, sagte Ada, um einen Überblick zu bekommen.

Andrej zog ein saures Gesicht. »Wieso? Trauen Sie mir nicht?«

Natürlich traute Ariadna ihm nicht. Andrej vertuschte ganz offenbar einen Gewinn und steckte ihn in die eigene Tasche.

Ariadna besprach sich mit ihren ›Beschützern‹. Sie hatte ihre eigenen. Der Oberschutzgeldkassierer war der Aserbaidschaner Ilcham. Ilcham hatte ein abgeschlossenes Studium, er war kein Bandit mit langer Gangsterkarriere, sondern ein zivilisierter Mensch. Er hörte Ariadna mit jener besonderen muselmanischen Ehrerbietung an, wobei er den Kopf gesenkt hielt.

Sie besprachen die Bedingungen. Ilcham bekäme zwanzig Prozent von der herausgeholten Summe.

Danach war alles ganz einfach.

Ariadna lud Andrej auf ein Tässchen Tee ein. Andrej verschob den Besuch: Was hatte er für ein Interesse, mit einer Frau Tee zu trinken, die glatt seine Mutter hätte sein können? Aber dann kam er schließlich.

Ariadna hatte den Tisch schön gedeckt: englisches Porzellan, mattes Silber.

Als der Moment günstig war, ging Ariadna hinaus, um die Sahne zu holen, und genau da erschien Ilcham. Er setzte sich auf Adas Platz.

Worüber er mit Andrej sprach, in welcher Form das Gespräch ablief, blieb ein Geheimnis. Aber am nächsten Tag kam Andrej auf Krücken angehumpelt und hielt die veruntreute Summe zwischen den Zähnen. Alles, was er abgezweigt hatte, und vielleicht hatte er sogar noch etwas von sich dazugelegt. Dieses Geld reichte aus, um Andrej seinen Anteil abzukaufen. Er hatte zwar nicht vorgehabt zu verkaufen, aber ehe er sich weiter mit Ariadna einließ – da war ihm sein Leben lieber.

Der Enkel von Staroselskij war wie der Pilot jenes koreanischen Flugzeugs. Er war in fremdes

Territorium eingedrungen und hatte gehofft, damit durchzukommen. Aber er kam nicht damit durch. Andrej stürzte aus gewaltiger finanzieller Höhe ab.

So ging das Restaurant ganz auf Ariadna über. Das war doch gleich was anderes. Und auch ein anderer Gewinn.

Leon wunderte sich nur: Was hatte er für ein Glück mit seiner Frau. Als er von Soja zu Ada gegangen war, hatte er sozusagen die Katze im Sack gekauft. Ariadna hätte sich ja auch als Megäre herausstellen können, dafür gab es schließlich günstige Voraussetzungen: Sie war schön, wurde von allen geliebt und war rundum verwöhnt worden. Aber Ada erwies sich als die ideale Ehefrau, als treue Freundin, und zudem verstand sie es, leicht und virtuos Geld zu verdienen. Und es gefiel ihr, das Geldverdienen. Es gefiel ihr im Allgemeinen zu leben. Sie lebte mit Vergnügen. Immer hatte sie gute Laune, und das war, als ob im Haus ständig die Sonne schiene. Es war einfach immer schönes Wetter, genau wie auf Kuba.

Es näherte sich das Jahr zweitausend, das Millenium.

Sie feierten es in einem angesagten Restaurant mit der alten Clique der Mitarbeiter des Außenministeriums. Die Zeit hatte sie nicht auseinanderdividiert. Alle waren einander wohlgesinnt. Man klopfte

Leon freundschaftlich auf die Schulter. Er jedoch sah in dieser Geste Überheblichkeit. So streichelten die Besitzer ihren Kater. Bitte schön, wir lieben dich, aber du bist trotzdem der Kater – und wir die Menschen.

War früher Leon das Familienoberhaupt gewesen, so war diese Rolle inzwischen an Ada übergegangen. Und Leon war ›die Begleitperson‹.

Der Tisch war reich und vielfältig gedeckt. Es gab alle Arten von Fleisch und Fisch. Es gab sogar Walfischfleisch, was man genauso gut zum Fleisch wie zum Fisch zählen kann.

Ariadna holte unbemerkt eine kleine Dose aus ihrer Handtasche heraus. Darin lag gekochte rote Beete. Sie legte das Gemüse auf den Teller vor Leon. Das war alles, was er essen sollte.

Leon schluckte gehorsam drei Scheiben rote Beete hinunter und lehnte sich dann auf dem Stuhl zurück.

Ada begriff sehr wohl, dass sie einen lieben Menschen der Hungerfolter aussetzte. Aber sie wusste auch: Wenn sie jetzt die Zügel schleifen ließe, würde er sofort die Hälfte von all dem Essen auf dem Tisch verschlingen. Sein Zucker und seine Cholesterinwerte würden in die Höhe schnellen. Der Arzt hatte gesagt: ›Sie schaufeln sich mit Messer und Gabel Ihr eigenes Grab.‹ Sechzig Jahre sind für einen Mann kein Alter, aber es machte sich eine erbliche Veranlagung bemerkbar. Alle Mitglieder seiner Familie hatten an zu hohem Blutdruck gelitten und waren relativ früh von dieser Welt verschwunden, hatten sich der Mehrheit angeschlossen.

Ariadna war nicht gewillt, sich mit dem Schicksal abzufinden und bewachte ihren Mann wie einen Soldaten an der Front. Aber an einem fürstlich gedeckten Tisch zu sitzen und nur gekochte rote Beete zu essen … So dressiert man Hunde. Man wirft ihnen ein Stück Fleisch hin und befiehlt ihnen, es nicht anzurühren. Also saß Leon vor dem leeren Teller und zog die Stirn in Falten.

»Wenn du was essen willst, dann lass uns nach Hause fahren«, schlug Ariadna vor.

Aber Leon wollte seiner Frau nicht den Silvesterabend verderben. Noch dazu das Millenium.

Die Uhr schlug zwölf. Alle standen lärmend auf und liefen in den Vorhof des Restaurants. Feuerwerk flog zum Himmel auf und verglühte. Die Veranstalter hatten sich große Mühe gegeben. Alle fingen an, herumzuspringen und in die Hände zu klatschen. Fröhlichkeit und Freude sprühten aus jedem Menschen hervor. Und diese Freude der Einzelnen vereinigte sich zu einer großen kollektiven Freude, die zum Himmel emporstieg und in die Atmosphäre verströmte.

Leon stand zwischen den jubelnden Menschen, allein, verstört und hungrig, wie ein verlorengegangener Hund. Sein Rücken schmerzte. Er wollte nur noch allein sein. Die allgemeine Fröhlichkeit unterstrich bloß seine innere Unruhe.

Ariadna amüsierte sich in vollen Zügen. Leon wollte sie nicht dabei stören. Er stand da und wartete, bis man endlich nach Hause fahren konnte. Soja ... Wolodja ... Seine frühere Familie. Wo waren sie wohl jetzt? Wie begrüßten sie das neue Jahrhundert? Zusammen oder allein? Hatte jeder der beiden seinen eigenen Freundeskreis, oder saßen sie zu zweit einander gegenüber und prosteten sich zu? Vielleicht tranken sie auch nur ein Glas Champagner, sahen fern und legten sich dann schlafen ...

Leon schaute auf den zertrampelten Schnee, obwohl über seinem Kopf ganze Feuergarben erblühten. Manche Raketen flogen besonders hoch hinauf, weiter als alle anderen. Sie explodierten grell und flogen im hohen Bogen zur Erde zurück, ohne zu verglühen. Doch unten war nur zerstampfter Schnee, sonst nichts.

Der Schmerz ließ Leon auch zu Hause nicht aus den Klauen.

Er ahnte, dass es sich um eine Verschlimmerung seines Ischiasleidens handelte. Es war nichts Bedrohliches, aber er hatte nicht mehr die Kraft, es weiter auszuhalten.

Ariadna beschloss, die Ambulanz zu rufen. Es war unangenehm, die Leute in der Neujahrsnacht zu stören, aber die Ambulanz existiert schließlich dafür, dass man sie stören darf. Wieso also nicht?

Die Notärzte waren schnell da, es waren ein Mann und eine Frau. Ein kräftiges, rotbackiges Paar, so um die fünfzig.

Sie standen über Leon gebeugt – und taten nichts.

»Geben Sie mir eine Spritze gegen die Schmerzen«, bat Leon mit verzerrtem Gesicht.

Die beiden sahen sich an.

»Sie haben doch Schmerzmittel?«, fragte Ada.

»Nein, wir haben nichts.«

»Wieso sind Sie dann hergefahren?«

»Sie haben uns gerufen.«

»Das heißt also, die Ambulanz hat keinerlei Medikamente zur Verfügung?«, fragte Ada ungläubig.

»Unsere Finanzierung ist gleich Null«, erklärte der Mann resigniert.

»Dann bezahle ich es«, versprach Ada bereitwillig.

»Kommt nicht in Frage«, sagte Leon aufgebracht. »Ist das ein Notarztteam oder sind das Gauner? Wo leben wir denn? Was für Leute sind um uns herum?«

Leon sprang plötzlich vom Sofa auf. Es schien, als würde er sich gleich auf einen der beiden stürzen. Die Frau riss entsetzt die Augen auf, und der Mann zog den Kopf zwischen die Schultern. Leon wurde rot wie eine rote Rübe. Er schwenkte die Fäuste hoch über dem Kopf.

»Was passiert mit diesem Land?«, brüllte er los. »Was passiert hier, frage ich? Es hat doch früher alles funktioniert, alles arbeitete, alles tickte… Warum? Warum nur? Wer brauchte denn das alles?«

Mit einem Mal verstummte Leon. Er wandte sich zu Ariadna und sagte ganz ruhig: »Ich sterbe.«

Dann fiel er um. Eine grünliche Blässe breitete sich von der Stirn bis zum Kinn über sein Gesicht aus. Er ging von ihnen, direkt vor ihren Augen.

Die Ärzte der Ambulanz waren wie erstarrt und blieben unbeweglich stehen.

Ariadna traute ihren Augen nicht, und nur die Köchin Galja rannte auf den am Boden liegenden Hausherrn zu und begann, ihn künstlich zu beatmen, von Mund zu Mund. Immer wieder holte sie aus, fiel fast auf ihn, rüttelte ihn an den Schultern und rief: »Leonard Jewgenowitsch, Leonard Jewgenowitsch…«

Aber Leon war bereits weit weg. Er sah und hörte nichts mehr. Sein Gesicht war ganz ruhig. Die Augen blickten in eine andere Welt.

»Leonard Jewgenowitsch...«, sagte Galja zitternd.

»Lass ihn«, befahl Ariadna.

Es kam ihr vor, als ob Galja Leon dabei störe, sich auf das Neue, das nun kam, zu konzentrieren.

Schluchzen und sich winden wie ein Fisch auf dem Trockenen würde Ariadna erst später. Aber da, im Moment des Todes selbst, war sie ruhig wie ein Stein.

Die Natur schützt den Menschen vor unerträglichen Erschütterungen. Sie versetzt einen in Erstarrung, als würde man in die Tiefkühltruhe gesteckt.

Erst nach einer gewissen Zeit begann Ariadna langsam aufzutauen und Stück für Stück zu begreifen. Die Ärzte verschrieben ihr ein besonderes Medikament. Damit erinnert man sich an weniger, aber man kann sich auch weniger vorstellen. Eines schönen Tages warf Ariadna alle Pillen weg und fing an, ohne medikamentöse Narkose zu leben.

In ihr und um sie herum war eine grauenvolle Sehnsucht. Durch ihre Knochen und durch ihre Seele heulte der Wind.

Am vierzigsten Tag nach dem Tod versammelten sich dem Brauch entsprechend alle Freunde Leons. Die alte Clique aus dem Außenministerium war vollzählig angetreten. Sie scharten sich um Ariadna wie um einen verletzten Vogel. Wie viele Worte wurden gesagt, und was für welche. Aber was waren schon Worte? Luft. Der Wind wehte und nahm die Worte mit in den Himmel. Dort verdichteten sie sich zu einer Wolke und schwebten davon, sich langsam auflösend. Und dann war wieder Leere bis zum Horizont.

Mirka kam vorbei. Sie legte ihre Besuche möglichst auf die Mittagessenszeit. Mirka war ganz die Alte: Immer noch sagte sie genau, was sie dachte.

»Gut, dass du jetzt allein bist. Da kann man wenigstens mal zu dir vordringen. Sonst ging dein Pusik-Musik ja immer vor… Du hattest dich da völlig in deinen familiären Egoismus eingesponnen wie in einen Schmetterlingskokon. Was außen herum vorging, hast du gar nicht mehr gesehen.«

»Für dich ist es vielleicht gut«, entgegnete Ariadna. »Aber für mich ist es schrecklich.«

»Wozu brauchst du einen Ehemann? Geld hast du, einen Sohn auch, und Sex ist doch kein Problem.«

»Du verstehst wirklich gar nichts«, sagte Ariadna abwehrend.

»Für mich persönlich ist es am wichtigsten, ganz meine Ruhe zu haben. Von niemandem abhängig zu sein.«

»Ganz deine Ruhe hast du im Sarg«, sagte Ada. »Da liegst du dann und bist von niemandem abhängig. Ich bin gern von jemandem abhängig. Und ich mag es, wenn jemand von mir abhängig ist.«

»Dann musst du wieder heiraten.«

»So einen wie Leon finde ich nie mehr.«

»Ist auch nicht nötig«, meinte Mirka. »So viel Gutes gab es jetzt auch wieder nicht an deinem Leon.«

»Wie meinst du das?«, fragte Ariadna nach Luft schnappend. »Was redest du denn da?«

»Leon war ein KGBler. Und KGBler sind Diensthunde.«

»Wenn du keine Ahnung hast, halt besser den Mund«, wies Ariadna sie zurecht.

»Ich habe keine Ahnung? Ich bin genau die, die Ahnung hat. Und du hast leider keinen blassen Schimmer.«

»Dummkopf, du bist doch bloß neidisch …«, sagte Ada abschließend.

Mirka ging. Und Ada lief von einer Ecke in die andere und überlegte, ob sie auf Mirka nun böse sein oder das Ganze einfach vergessen sollte.

Ariadna hatte immerhin die Erinnerung an ein glückliches Stück Leben. Fünfundzwanzig Jahre waren wie ein einziger langer und sonniger Tag gewesen.

Vor ihr lag nun Leere, aber im Rücken hatte sie das Glück. Und Mirka hatte vor sich die Leere und hinter sich ebenfalls Leere. Solche wie sie wollten ihren Misserfolg nur nicht zugeben, sie richteten sich an Worten auf wie: ›Wozu? Ich will ja gar nicht… Unabhängigkeit…‹ Doch was kann denn schöner sein als Abhängigkeit? An dem Geliebten mit jeder Zelle zu hängen, in jeder Minute? Was war denn so gut an der Freiheit? Du brauchst niemanden, aber auch du wirst von niemandem gebraucht. Da kannst du doch nur vors Haus gehen und laut aufheulen, so wie ein Hund den Mond anbellt.

Ossja und Marik lebten inzwischen in England. Sie arbeiteten in derselben Klinik.

Zuerst war Ossja ausgewandert, dann hatte er Marik nachgeholt. Sie ließen ihre Approbationen überprüfen und bestätigen und arbeiteten sehr erfolgreich.

Im Westen ist die Arbeit die Hauptsache im Leben. Wenn man Arbeit hat, ist man versorgt. In Moskau hatte Marik weniger verdient als die Köchin Galja.

Ossja hatte noch in Moskau zum zweiten Mal geheiratet. Eine Krankenschwester. Er zog mit ihr zusammen nach London. Aber nichtsdestotrotz verfolgte er Ariadnas Leben. Er interessierte sich angeblich nicht die Spur für Ariadnas Leben, wusste aber über alles genau Bescheid.

Nach Leonards Tod hatte er Ada angerufen und ihr vorgeschlagen, zu ihm nach London zu ziehen. Sie könnte einfach in der Nähe sein. Dort sei immerhin ihr Sohn, ein anständiges Land, ja sogar ein Königreich. Und Ossja war, wenn auch nicht ihr Mann, so doch immerhin ein nahestehender Mensch, eine Art Verwandter.

Die Immobilie in Moskau könnte man verkaufen und in London dafür Wohnungen kaufen, wenn nicht gar ein Schloss. Hier wäre es günstiger zu leben, besser und ruhiger. Die Reichen aus Moskau strebten ja genau nach London, denn zu Hause konnte man nie sicher sein.

Ariadna überlegte …

»Bevor du nein sagst, musst du wissen, wozu«, riet ihr Ossja. »Also komm, und schau es dir an.«

Und da hatte er Recht. Warum nicht hinfahren und sich die Sache mal ansehen?

Ossja und Marik lebten in einem guten Wohnviertel, direkt neben einem Park.

Auch die Häuser waren schön: zweistöckig, aus rotem Ziegelstein gebaut, mit hohem, überdachtem Treppenvorbau und schmiedeisernen Geländern.

Der Park war praktisch ein Wald. Über das grüne Gras spazierten Füchse, Rehe und andere wilde Tiere, ganz zu schweigen von Hasen und Eichhörnchen. Sie fürchteten die Menschen nicht, und die Menschen fürchteten sie nicht. Wenn sie zu einem Spaziergang aufbrachen, nahmen sie etwas zu essen für die Tiere mit. Die Tiere gewöhnten sich an diese Gaben und warteten schon darauf. Sie schauten die Spaziergänger auffordernd an: ›Und wo ist bitte unser Futter?‹

Die Rehe kamen morgens nahe an die Häuser heran, sie schauten sogar in die Fenster.

Ossja und Marik wohnten zusammen in einem Haus, jeder in einer Hälfte. Morgens gingen sie gemeinsam aus dem Haus, aber jeder fuhr im eigenen Auto zur Klinik.

Oft aßen sie abends zusammen.

»Wie kannst du nur in Moskau leben?«, fragte Ossja verwundert.

»Na, du hast doch auch lange dort gelebt, und es ging«, antwortete Ada.

»Weißt du, was dein Glück ist? Ihr wisst dort nicht, wie schrecklich ihr lebt. Es gibt keine Gesetze: Die Gerichtsverfahren, das ist doch nur ein einziger Wettbewerb der Bestechungen. Und werde erst mal krank, dann kommt ohne Geld keiner zu dir.«

Ariadna seufzte. Das war nur allzu wahr. In England wäre Leon nicht gestorben.

»Aber Moskau ist jetzt viel schöner«, sagte Ada wie zur Rechtfertigung. »An den Türen sind jetzt goldene Griffe.«

»Doch unter den Füßen ist immer noch Sch …«, entgegnete Marik sehr konkret.

Auch das war wahr. London war eine saubere Stadt, ganz im Gegensatz zu Moskau.

Ariadna fing an zu grübeln. Ossja war ihr Exmann. Seine Meinung konnte man übergehen. Aber Marik war ihr Sohn. Sie war von ihm begeistert. Er war ein wunderbarer junger Mann, ohne schlechte Angewohnheiten: Er trank nicht, er rauchte nicht, er nahm keine Drogen, er war noch nicht mal ein Schürzenjäger. Er hatte ein Mädchen und wich keinen Schritt vom Weg ab. Allerdings würde er sie vier Jahre später Knall auf Fall verlassen, würde dann ein neues Mädchen mit nach Hause bringen, mit dem er wieder vier Jahre lang zusammenbliebe. Vier Jahre, das war wohl sein Rhythmus.

Bis dato hatte er nicht geheiratet, doch er würde schon noch heiraten und Enkelkinder zeugen. Und dann wäre Ariadna nicht mehr einsam, sie hätte jemanden zum Lieben, jemanden, um den sie sich kümmern könnte, jemanden, an den sie ihr Erbe weitergeben könnte.

Aber in Moskau waren die Gräber: das der Mutter, das des Großvaters, das der Großmutter und das von Leon. Die Toten hielten sie zurück.

Ariadna lebte in London in Mariks Haushälfte.

Marik arbeitete ganze Tage am Stück. Er war Facharzt für Gynäkologie. Er stand also an den Pforten der Liebe.

Ada half ihm im Haushalt. Sie kochte die Mahlzeiten.

In der Nähe gab es ein Geschäft mit Lebensmitteln aus biologischem Anbau. Die Äpfel hatten zwar Würmer, aber sie rochen, wie Äpfel wirklich riechen. Nicht so wie in den Moskauer Supermärkten: Da sah ein Apfel einwandfrei aus, glänzte, als hätte man ihn mit Wachs überzogen, aber er roch wie nach Formalin. Man hätte ihn sofort hinstellen und malen wollen. Zum Malen konnte man ihn verwenden, aber nicht zum Essen. Oder besser gesagt, essen konnte man ihn schon, aber es war keinerlei Geschmacksvergnügen dabei.

Der Fisch in den Bioläden stammte aus dem Meer und war am selben Morgen gefangen worden. In den Moskauer Supermärkten gab es roten Fisch, der in speziellen Behältern gezüchtet wurde. Die Fische bekamen genetisch verändertes Futter, damit sie schneller wuchsen. Und sie wuchsen tatsächlich schneller. Aber es blieb unklar, was man da aß und wie sich das letztlich auf einen auswirken würde.

Ja, in England lebte man besser. Nicht umsonst strebten reiche und weitsichtige Leute hierher. Hier konnte man sehen, was man aß, was man trank. Und man musste keine Angst haben, krank zu werden, das ist auch nicht unwichtig. Außerdem musste man keine Angst haben, sein Geschäft zu verlieren – denn die Gesetze wurden hier eingehalten. Aber … Das Telefon schwieg. Weder hatte Ada jemanden, den sie anrufen konnte, noch wurde sie von jemandem angerufen. Von wem auch?

Ariadna war daran gewöhnt, dass das Telefon ständig klingelte. Und hier in London war völlige Stille. Wie auf dem Mond.

Ariadna geriet in Atemnot, es war wie im luftleeren Raum.

Na gut, sie hatte gekocht und gegessen. Sie war im Park spazieren gegangen, auch gut. Sie hatte einen Ausflug gemacht, hatte den Tower besichtigt, hatte die geheimnisvollen schwarzen Krähen bewundert, die über die Plätze spazierten. Aber was nun?

Ariadna fing langsam an, die Koffer zu packen. Sie kaufte Geschenke für die Freundinnen, Neuanschaffungen für sich selbst. Eine Handtasche aus Pythonleder und eine kurze Pelzjacke aus gefärbtem

Affenfell. Der arme Affe. Aber sie hatte Nerz so satt. In Moskau trugen alle Prostituierten Nerz und alle Diplomatenehefrauen. Die Nerze waren nicht aus dem Wald, sondern aus Zuchtfarmen, den reinsten Tierkonzentrationslagern, wo die Nerze vor sich hin vegetierten, krank wurden und alle möglichen Scheußlichkeiten zu fressen bekamen. Das Fell dieser Tiere wurde matt und bald dünn. Es war mit schlechten Fäden zusammengenäht, die genauso schnell auseinanderfielen wie die Felle.

In London trug man kaum Pelz. Das war der Einfluss der ›Grünen‹, die sich für den Schutz der Natur einsetzten.

Die zweite Ehefrau von Ossja, Ljuda, führte Ariadna in dic richtigen Geschäfte, dorthin, wo es günstig war und trotzdem gute Ware gab.

Ljuda gefiel Ariadna. Ihre Lieblingsbeschäftigung war das Nichtstun. Sie war eine talentierte Müßiggängerin. Man kann bei sich selbst gegen das Nichtstun ankämpfen, aber man kann es auch in vollen Zügen genießen.

Ljuda ging nachts um zwei schlafen und stand um zwei Uhr nachmmittags auf. Dann badete sie ausgiebig und genussvoll, trank lange Kaffee. Den Kaffee liebte sie heiß, süß und mit Kognak. So gegen fünf Uhr, wenn andere schon von der Arbeit nach Hause kamen, machte sie sich zurecht.

Und wenn dann alle zurückkehrten, müde und grau, kam sie aus ihrer Welt, erholt, schön, in bester Laune. Und vor ihr lagen der ganze Abend und die halbe Nacht: Theater, Restaurants, Nachtclubs, was immer sie wollte. Oder auch einfach mit dem Auto durch das nächtliche London fahren. Das Leben war ein nicht enden wollender Feiertag. Arbeit musste nicht unbedingt sein. Geld verdienen auch nicht. Ossja verdiente ja das Geld.

Ob sie Ossja liebte? Aber natürlich. Wieso sollte sie einen reichen, geachteten Ehemann denn nicht lieben, der ihr ein solches Leben bot?

Ob Ossja Ljuda liebte? Er beachtete seine zweite Frau genauso wenig, wie er seine erste beachtet hatte. Für ihn war das Wichtigste die Arbeit.

Ariadna passte einen günstigen Moment ab und fragte ihn direkt: »Liebst du Ljuda?«

»Ich sehe sie wenig«, sagte Ossja. »Wenn ich morgens weggehe, schläft sie noch. Wenn ich heimkomme, ist sie unterwegs.«

»Du hast nicht geantwortet.«

»Na, was soll ich sagen … Du warst mir eine sehr eng verbundene Ehefrau, und sie ist wie weiter weg.«

»Und wenn ich hierherkäme, wie würden wir dann wohnen?«

»So, wie du willst. Das wäre deine Entscheidung.«

Ossja sah ihr direkt in die Augen. Er wartete.

»Aber Ljuda würde doch darunter leiden«, erinnerte ihn Ada.

»Materiell würde sie nicht leiden. Nur in Russland hängt man ausgediente Ehefrauen an einen rostigen Nagel. Hier bin ich verpflichtet, ihr Unterhalt zu zahlen, bis sie noch einmal heiratet.«

»Verstehe«, sagte Ariadna.

Und das war alles, was sie sagte.

Ariadna wollte nicht zu Ossja zurückkehren. Und sie wollte auch nicht nach London ziehen. Sie wusste, dass es im Westen nicht Brauch war, dass Eltern und Kinder zusammenwohnten.

Ihre Frage, ›wenn ich hierherkäme‹, war nicht gestellt worden, um Maßnahmen zu treffen, sondern nur zur Selbstbestätigung. Es ist angenehm, sich zu vergewissern, dass man für jemanden noch etwas bedeutet, selbst wenn es sich dabei nur um das Reh handelt, das am Fenster vorbeigeht.

»Was sind Rehe eigentlich? Gehören die zu der Familie der Pferde oder eher zu den Kühen?«, fragte Ariadna.

»Zu den Schweinen«, antwortete Ossja. Er war sichtlich gekränkt.

Ariadna kehrte nach Moskau zurück.

Sie führte weiterhin ihr Geschäft. Und sie eröffnete zusätzlich ein kleines Café auf dem Zwetnoi-

Boulevard. Das Café brauchte ständige Aufmerksamkeit: Wurde nicht gepfuscht? Wurde nicht gestohlen? Die Hauptsache war, alles gut einzufädeln und in Gang zu setzen. Später lief dann alles wie mit Autopilot weiter. Das Wichtigste war der Anfang.

Und der Anfang war gemacht. Das Café blühte und gedieh. Sein Ruf war makellos, doch eines Tages ereignete sich ein unangenehmer Zwischenfall.

Ein Abgeordneter der Moskauer Duma kam ins Café, und der Regenmantel wurde ihm gestohlen.

Es gab in dem Café keine bewachte Garderobe am Eingang. Stattdessen standen elegante Garderobenständer neben den Tischen, so wie im Westen. Man ging zum Tisch, zog seinen Mantel aus, hängte ihn auf und setzte sich hin.

Und plötzlich war ein Regenmantel gestohlen worden. Und bei wem? Ausgerechnet bei einem VIP.

Der Geschäftsführer Grischa führte den Geschädigten in sein Büro. Er gab ihm ein Blatt Papier und bat ihn aufzuschreiben, was sich in dem Mantel alles befunden hatte. Das Café war bereit, für den Schaden aufzukommen.

Der Duma-Abgeordnete schrieb auf: der Regenmantel – Wert: tausend Euro. Die Brieftasche mit zehntausend Dollar darin. Eine Schweizer Uhr –

achttausend Dollar, plus ein goldenes Feuerzeug. Gesamtwert dreißigtausend Dollar.

Der Geschäftsführer Grischa fasste sich an den Kopf. Es ging nicht um das Geld, sondern um den Ruf des Cafés, der Schaden nehmen konnte. Nun ja, und das Geld war natürlich auch kein Pappenstiel. Schau sich einer diese ›Diener des Volkes‹ an, trugen mal eben zehntausend Dollar in den Taschen.

Am nächsten Morgen kam ein junger, unrasierter Mann mit Brille ins Café. Er erzählte dem Geschäftsführer, dass er am Vortag mit seinen Freunden hier gewesen sei. Er habe zu viel getrunken und seinen Regenmantel verwechselt. Er habe seinen eigenen dagelassen und einen ähnlich aussehenden mitgenommen.

Und dann zeigte er den Mantel des Duma-Abgeordneten vor.

Der Geschäftsführer Grischa durchsuchte die Taschen. Er fand ein säuberlich zusammengefaltetes Taschentuch und ein versiegeltes Präservativ. Und das war alles.

»War da sonst nichts drin?«, fragte Grischa.

»Das weiß ich nicht. Ich habe nicht nachgesehen.«

»Haben Sie die Taschen nicht überprüft?«

»Nein. Wieso denn?«

Der junge Mann log nicht. Das war offensichtlich. Der Geschäftsführer verstand es, in menschlichen Gesichtern zu lesen. In ihnen stand alles geschrieben, genau wie in einer Speisekarte.

Sie riefen den Duma-Abgeordneten an. Der kam angefahren und nahm seinen Mantel in Empfang.

Er streckte Grischa hundert Dollar hin. »Für Ihre Kooperation«, fügte er hinzu.

›Und fürs Schweigen‹, begriff Grischa.

Grischa sah ihm tief in die Augen und nickte.

Er nahm die Verlustanzeige, riss sie entzwei und warf sie in den Papierkorb.

Ariadna wohnte in der Moskauer Wohnung, aber an den Wochenenden fuhr sie hinaus auf die Datscha. An die frische Luft.

Die Köchin Galja stellte ihr immer ein komplettes Mittagessen vor die Nase: kalte Vorspeisen, erster Gang, zweiter Gang und ein Dessert.

Ariadna saß vor ihrer Suppe, doch sie hob den Löffel nicht von der Tischdecke. Sie saß einfach nur da. Galja wartete darauf, dass die Hausherrin zu essen begänne und ihre kulinarischen Fähigkeiten loben würde. Aber stattdessen füllten sich Ariadnas Augen mit Tränen. Sie liefen langsam die Wangen hinunter und fielen in die Suppe. Eine nach der anderen.

Ariadna schob den Teller weg und ging auf den

Hof hinaus. Sie umarmte einen Baum, legte die Schläfe an seinen Stamm und schluchzte aus voller Kehle.

Sie hatte alles: einen Sohn, eine Arbeit, Geld. Aber sie sah keinen Sinn in diesem Leben ohne Liebe. Einfach so für sich zu leben, das verstand sie nicht und konnte sie nicht.

Als sie sich ausgeweint hatte, setzte sich Ariadna ins Auto und fuhr nach Moskau zurück. Sie verging vor Sehnsucht. Sie litt. Das Essen hatte für sie keinen Geschmack, die Menschen erschienen ihr uninteressant und oberflächlich. Die Nächte waren endlos.

Die Freundinnen versuchten, ihr zu helfen, sie versuchten, den Keil mit einem Keil auszuschlagen, wie man auf Russisch sagt. Sie wirbelten herum, um einen Bräutigam für Ariadna zu finden. Und sie fanden einen. Wer sucht, der findet immer.

Der Bräutigam hatte Vorzüge und Nachteile.

Die Vorzüge waren: Er war General im Ruhestand, noch nicht alt – um die sechzig –, Witwer – seine Frau war vor sieben Jahren gestorben –, und seine Kinder waren schon erwachsen. Er war anständig. Die ganzen sieben Jahre hatte er allein gelebt, hatte niemanden zum Reden gehabt, außer seinen Hund mit dem Spitznamen Bim. Er war nicht arm, man konnte sagen, er war gutsituiert. Er hatte eine kleine Firma, die mit Flugverkehr, mit Hubschraubern zu tun hatte. Sein Geschäft war stabil und gewinnbringend.

Die Nachteile waren: Er hatte ein schiefes Auge und vorne einen Goldzahn. Wenn er lächelte, erglänzte sein Zahn in poliertem Gold. Er sprach ziemlich primitiv, sein Wortschatz war dürftig, mit vielen nichtssagenden Füllwörtern, beispielsweise ›zum Henker‹.

»Ich habe eine Datscha auf der Kiewer Chaussee«, verkündete der General beim ersten Treffen. »Dreißig Hektar, eigener Knoblauch, Kürbisse, Kartoffeln. Gekaufte Kartoffeln lass ich nicht durchgehen. Nitrate, zum Henker.«

Ariadna verstand erst nicht, was der Henker hier sollte. Dann reimte sie es sich zusammen.

Die Köchin Galja deckte den Tisch. Das erste Treffen fand auf Adas Datscha statt. Ada saß am Tisch, als wäre sie nicht die Gastgeberin, sondern der Gast. Sie genierte sich. Sie fand die Rolle einer angebotenen Ware erniedrigend und ungewohnt. Nochmals wurde ihr bewusst, in welche Kälte Leon sie hinausgestoßen hatte, dass er sie den Launen des Schicksals ausgeliefert hatte.

Der General dagegen fühlte sich sicher. Ariadna gefiel ihm: Sie war still und bescheiden.

›Die kann sich mit dem Garten beschäftigen‹,

träumte der General bereits. ›Wir stellen ein Treibhaus auf und kaufen eine Ziege.‹ Nur die Ringe an den Händen würden stören. Mit Ringen an den Fingern kann man keine Ziege melken. Aber Ringe lassen sich ja abnehmen …

Ariadna sah, wie achtsam der General aß. Das Brot aß er ganz auf. Brotkrumen sammelte er in der Hand und schob sie dann in den Mund.

Der General war ein Mann vom Land, und gebildete Wendungen in der Art von ›Politik ist die Kunst des Kompromisses‹ waren gar nicht seine Art. Er verstand sie auch nicht. Was für ein Kompromiss, zum Henker. Die Disziplin war alles im Leben.

Eine Ehefrau musste sauber, anschmiegsam und fleißig sein.

Ariadna gefiel dem General, sie war wie eine ungewöhnliche Blume: zart und wohlduftend. Sie roch nach Wind und Wiesen und noch irgendetwas Bitterem. Es war französisches Parfum.

Die Frau des Generals war laut gewesen, hatte einen dicken Hintern gehabt, enge Stricksachen getragen, in denen sie wie eine Wurst in der Pelle aussah. Sie roch immer nach Kernseife. Die ganze Zeit über hatte sie herumgeschrien, hatte sich jemanden vorgeknöpft. Meist ihn. Aber diese hier schwieg. Sie dachte wohl über etwas nach. Man traute sich kaum, sie etwas zu fragen, aus Angst, ihre innere Stille zu stören.

Der General verstand, dass seine frühere Frau und Ariadna zwei völlig verschiedene Tiere waren. Verschiedene Hundesorten beispielsweise. Zu denen benimmt man sich auch unterschiedlich. Eine Sorte Hund lebt im Haus, auf dem Sofa. Eine andere Sorte Hund lebt auf dem Hof, in der Hundehütte.

Der General fuhr wieder weg. Und Ariadna öffnete im Haus alle Fenster und lüftete. Und um sich vor der Zugluft zu schützen, trat sie vor die Türschwelle.

Der Wind schüttelte die Bäume durch. Sie atmete tief ein und lüftete sich auch selbst gut durch, um den fremden Menschen zu vertreiben.

Der General war sicher ein guter Mann. Aber er war eben anders. Und sie wollte sich nicht verbiegen und zerbrechen. Sie würde niemals ›Pusik‹ zu ihm sagen können. Na, und was für ein ›Pusik‹ war er denn auch?

Der März brach an.

Unter den Füßen war Wasser, und unter dem Wasser lag Eis. Spazierengehen wurde unmöglich. Die Moskauer Krankenhäuser waren überfüllt von Patienten mit gebrochenen Gliedmaßen.

Ariadna saß in der Küche und legte Patiencen.

Es klingelte an der Tür. Durch das Milchglas war schemenhaft Mirka zu erkennen.

»Ich habe einen Bräutigam für dich gefunden«, teilte Mirka noch auf der Türschwelle mit. »Weißt du, wer?«

Ada schwieg einen Moment. Woher sollte sie das wissen?

»Swerjew!«, verkündete Mirka feierlich.

»*Der* Swerjew?«, fragte Ada verwundert.

Valentin Swerjew war ein weltberühmter Bildhauer, er war auch Bürgerrechtler und Dissident gewesen. Eine Kultfigur. Das ganze Land kannte ihn und Ada natürlich auch.

»Genau der«, bekräftigte Mirka.

»Aber wozu braucht der mich? Wenn der pfeift, kommen Zwanzigjährige angerannt.«

»Und was soll er mit Zwanzigjährigen anfangen? Aus ihnen Skulpturen zusammenkleben?«

»Ja, wieso denn nicht?«

»Na gut«, räumte Mirka ein. »Und was weiter? Er braucht doch eine treue Seele, so eine wie dich. Und du brauchst einen interessanten Menschen. Talent ist wie Theater – jeder Tag ein Festtag.«

»Mich hast du überredet. Jetzt musst du nur noch Seine Durchlaucht überreden.« Ada legte die nächste Patience-Karte auf den Tisch.

Und die Patience ging auf. Das war seltsam.

Am Abend rief Mirka Swerjew an.

Sie kannten sich noch aus ihrer Jugendzeit. Gemeinsam hatten sie an den sogenannten Küchentreffen teilgenommen, hatten mitgequirlt am Cocktail der Andersdenkenden.

Swerjew war damals bekannt geworden, war wie die Sonne am Horizont aufgegangen. Mirka ließen Berühmtheiten nicht gleichgültig, genau wie Tschechows Heldin in *Flattergeist.* Mirka fand, nur Genies hätten das Recht, einfach bloß *zu sein*. Alle anderen waren Arbeitsameisen und hatten zu schuften. Dem einen war eben mehr gegeben, dem anderen weniger. Mirka war stolz auf diese Freundschaft. Swerjew war ihr Trumpf im Spiel. Wenn so ein Mensch wie Swerjew mit ihr, Mirka, befreundet war, dann war auch sie keine Null. In ihr gab es einen nährenden Kern, den ein Genie unbedingt brauchte, denn warum sonst würde er Zeit mit ihr verbringen?

Tatsächlich gefiel Swerjew Mirkas Energie, ihre Neugier auf das Leben, ihre Lust, überall dabei und nirgends richtig sesshaft zu sein. Meistens wollte ja keiner für jemand anderen etwas tun, außer für die nächsten Verwandten. Mirka aber hatte mit allen was zu tun. Nichts liebte sie mehr, als im richtigen Moment am richtigen Ort aufzutauchen und jemanden aus dem Wasser ans Ufer zu ziehen, für jemanden die Kohlen aus dem Feuer zu holen, einen aus großer Höhe Fallenden aufzufangen. Und danach stolzierte sie herum, den Heldenstern auf der Brust.

Ein russisches Sprichwort sagt: ›Wenn du nichts Böses willst, dann tu nichts Gutes.‹ Mirka wurde Böses zuteil ausgerechnet von denen, die sie gerettet hatte. Das kränkte sie, aber nicht für lange. Dann riefen die Trompeten wieder ›vorwärts!‹. Ein anderer stand in Flammen, ertrank oder sprang von schwindelnden Höhen herab, und Mirka bot wieder Herz und Hand.

Swerjew hatte nicht vorgehabt, Dissident zu werden, wenn nicht diese Bulldozer-Ausstellung gewesen wäre, das Zerwürfnis mit Chruschtschow, irgendwelche Briefe, die Swerjew unterschrieben hatte. Und andere Briefe, die er – im Gegenteil – gerade nicht bereit gewesen war zu unterschreiben.

Man hatte Swerjew nahegelegt, seine Unterschrift an einer Stelle zurückzunehmen und woanders hinzusetzen. Er weigerte sich. Er konnte es nicht ausstehen, wenn man ihn unter Druck setzte. Er gab eine grobe Antwort. Die Sense traf auf einen Stein, wie man sagt. Die Sense war hier Swerjew. Der Stein war der Staat.

Noch einmal bat man Swerjew, einen Brief zu unterschreiben: Es ging um die Verurteilung von Boris Pasternak.

Swerjew war nicht faul und las den ganzen Roman *Doktor Schiwago*. Pasternaks Gedichte gefielen ihm besser als seine Prosa, aber das war doch kein Grund, einem Menschen das Leben mit Verleumdungen zu vergiften. Die Führung des sowjetischen Schriftstellerverbands schrieb ungleich schlechtere Romane, und nichts passierte. Man beschimpfte sie nicht, und man verfolgte sie nicht. Ein Mensch ist ja für seine Talentlosigkeit nicht verantwortlich. Und Pasternak war immerhin ein großes Talent.

Swerjew weigerte sich, den Brief zu unterschreiben. Aber einen anderen Brief, zur Verteidigung des Prager Frühlings, den unterschrieb er dagegen sehr wohl. Das ging doch nicht, dass man Panzer auf fremdes Territorium schickte. Den Sowjetbürgern hätte das doch auch nicht gefallen: mitten am helllichten Tag schwere Panzer, die den Asphalt aufrissen, die Luft verpesteten und die Menschen erschreckten.

Mirka wandte sich an einen Auslandskorrespondenten namens Tasik. Swerjew gab der *Voice of America* ein Interview.

Eine Woche später rief man bei Swerjew an. Eine höfliche Stimme bat ihn, in der Lubjanka, dem KGB-Hauptsitz, zu erscheinen, an dem und dem Treppenaufgang.

»Mit gepackten Sachen?«, witzelte Swerjew.

Am anderen Ende der Leitung wurde streng geschwiegen. Das Schweigen war wirklich streng, es unterstrich die Unangebrachtheit des Scherzes. Swerjew verzagte ein wenig, aber nicht allzu sehr.

Er ging zur Lubjanka. Ein junger Mann ohne Gesicht wartete auf ihn. Der Mann hatte natürlich ein Gesicht, aber eines, an das man sich unmöglich erinnern konnte. Er war ein quasi unsichtbarer Mensch.

Der Unsichtbare führte Swerjew in das entsprechende Büro.

Sie durchschritten einen langen, breiten Korridor mit einem roten Teppich. Zu beiden Seiten waren Türen.

An ihnen vorbei ging Raimond Pauls, oder einer, der ihm ähnlich sah.

»Was macht denn der hier?«, fragte Swerjew verwundert.

»Er arbeitet hier«, antwortete der Unsichtbare. »Wieso?«

»Ach, nichts«, sagte Swerjew. »Seltsam.«

Swerjew drehte sich automatisch um, sah hinter sich. Und auch Pauls wandte sich um.

Offenbar hatte er Swerjew erkannt.

Ein paar Sekunden lang schauten sie sich an.

›Das ist er nicht‹, begriff Swerjew. ›Raimond Pauls ist kleiner.‹

»Nicht stehen bleiben«, trieb ihn der Unsichtbare an.

Sie betraten ein Büro.

An einem Tisch saß ein Kerl, schwer wie ein Feldstein, mit Augen wie ein Stier. Ein Oberst. Mit einer Geste lud er ihn ein, sich ihm gegenüber zu setzen. Er fragte, ob Swerjew einen Tee wolle oder vielleicht Kaffee.

»Danke«, lehnte Swerjew ab.

Er liebte echten Kaffee, auf türkische Art gekocht. Und hier würde es wohl eher diese geschmacklose Flüssigkeit geben, die man Löskaffee nannte.

Der Feldstein fragte: »Wie geht es Ihnen?«

»Na, das wissen Sie doch«, antwortete Swerjew.

Es war ja kaum anzunehmen, dass der Oberst nichts von der Bulldozer-Ausstellung wusste und von Chruschtschows harscher Reaktion darauf.

Chruschtschow hatte von der Tribüne heruntergeschrien wie ein angetrunkener Lastwagenfahrer, aber er hatte dabei nicht einmal böse ausgesehen. Swerjew hatte keine Angst vor ihm gehabt. Und der Feldstein konnte ihm auch keine einjagen. Der Feldstein war schlau, aber nicht bösartig.

»Alles wissen wir auch nicht«, sagte der Feldstein sanft. »Wir kennen beispielsweise die Stimmung in Ihrem Milieu nicht. Wir haben nicht genug Informationen.«

»Sie schlagen mir also vor, Spitzel zu werden?«, erriet Swerjew.

»Was für ein grober Ausdruck«, sagte der Unsichtbare.

»Die Sache ist die, dass ich nun mal geschwätzig bin«, teilte Swerjew vertraulich mit. »Ich würde jetzt hier weggehen und allen erzählen, dass Sie mich angeworben haben. Ich bin einer, wie der Volksmund sagt, der das Wasser nun mal nicht im Arsch halten kann.«

»Sehr grob ausgedrückt«, bemerkte der Unsichtbare.

Der Feldstein schaute aufmerksam aus seinen klugen Bullenaugen. Swerjew vermutete kaukasische Vorfahren bei ihm. Nur die südlichen Völker hatten solche lebhaften, ausdrucksvollen Augen.

»Ja, und gemein ist das auch«, fügte Swerjew unschuldig hinzu.

»Was meinen Sie jetzt?«, fragte der Feldstein nach.

»Andere aushorchen und dann denunzieren. Das macht die Seele kaputt. Und dann kann ich nicht mehr arbeiten.«

»Sie arbeiten mit der Seele?«, fragte der Unsichtbare verwundert.

Swerjew gab keine Antwort.

»Sie wollen also nicht helfen?«, fragte der Feldstein.

»Ich? Nein. Ich will nicht. Aber bei uns gibt es viele, die politisch bewusster sind als ich. Vielleicht können Sie jemand anderen überreden. Für dreißig Silberlinge …«

Diesem Treffen folgte noch ein weiteres. Mit anderen Mitarbeitern und mit leichten Drohungen. Kaffee und Tee wurden nicht mehr angeboten. Sie übten nun offen Druck aus.

Swerjew wurde störrisch. Er mochte es nicht, wenn man ihn unter Druck setzte. Freiwillig konnte er alles Mögliche tun: ein großes Honorar verschenken, heiraten. Aber wenn man ihn unter Druck setzte, dann wuchs auf seiner Stirn ein großes Horn. Er stellte dieses Horn den Angreifern entgegen – und dann ging gar nichts mehr!

Swerjew traf sich noch einmal mit Tasik. Auf dessen Initiative hin. Swerjew gab noch ein Interview, in dem er nicht gerade zurückhaltend war.

Man rief ihn wieder in die Lubjanka, bot ihm Zigaretten an. Nach diesen Zigaretten verlor Swerjew das Gedächtnis, er konnte sich nicht mehr erinnern, wer er war. Nach einer gewissen Zeit kehrte das Gedächtnis zurück, er konnte sich wieder an alles erinnern. Das war noch mal gutgegangen. Aber es tauchte eine neue Plage auf: Swerjew bemerkte, dass man ihm folgte. Unter seinem Fenster stand ein verwahrlost aussehendes Auto, in dem ebenso verwahrlost aussehende Kerle saßen.

Swerjew ging zu ihnen hin und fragte: »Könnt ihr euer Geld nicht auf andere Weise verdienen?«

Aber sie antworteten nicht, sondern schwiegen sich aus.

Einer lachte schließlich ungut auf. Swerjew erschrak plötzlich. Ihm wurde klar, dass die hochgepriesenen Sicherheitsorgane die Dienste von Gaunern und Banditen in Anspruch nahmen. Wenn die ihm in einem Treppenaufgang eins aufs Dach gaben – dann gute Nacht, Gesundheit, Arbeit und Liebe...

In Swerjew kam mehr Ekel als Angst auf. Doch auch die Angst war nicht gering. Irgendwo, völlig unabhängig von seinem Willen, entschied sich gerade sein Schicksal.

Swerjew wollte mit dem Staat nichts mehr zu tun haben. Aber auch der Staat wollte mit Swerjew nichts mehr zu schaffen haben. Umbringen konnten sie ihn denn doch nicht. So dumm waren sie nicht. Die *Voice of America* würde sich darauf stürzen, das wäre ein gefundenes Fressen für sie. Der Ruf der großen Sowjetmacht würde leiden.

So schlug man Swerjew die Ausreise vor. Er war einverstanden.

Am Flughafen befahl man ihm, seine Schirmmütze abzunehmen. Swerjew nahm sie ab und streckte sie dem rotgesichtigen Zöllner hin. Der begann, mit der Hand in der Mütze zu wühlen.

»Was suchen Sie da?«, fragte Swerjew. »Vielleicht Ihr Gewissen?«

Der Rotgesichtige wurde noch röter.

»Gehen Sie durch«, sagte er schließlich. Er gab ihm die Mütze zurück und entfernte sich, ohne ihn noch einmal anzusehen.

»Wohin geht er denn jetzt? Sich erschießen?«, fragte Swerjew einen jungen Zöllner.

»Ach, wo denken Sie hin?«, sagte der junge Mann erstaunt. »Er hat heute einen Enkel bekommen. Darauf werden wir jetzt einen trinken.«

»Dann trink auch einen auf mich«, bat Swerjew.

»Reisen Sie denn für immer aus?«

»Ich komme irgendwann zurück«, versprach Swerjew. »Glaubst du das etwa nicht?«

»Kommt darauf an …«, antwortete der Zöllner ausweichend.

»Dir ist es vielleicht egal, aber deine Enkel werden es eines Tages kaum abwarten können.«

»Tja, das wird noch ein Weilchen dauern …«

Die junge Generation konnte die Rückkehr der Ausgestoßenen bereits absehen. Sie konnten es kaum erwarten. Aber einstweilen stand die Sowjetmacht noch fest auf den Beinen.

Swerjew ließ sich in Paris nieder. Die Aufträge regneten auf ihn herab wie aus einem Füllhorn geschüttet. Swerjew lehnte keinen Auftrag ab. Er flüchtete in die Arbeit. Das Geld kam und ging. Swerjew hatte keine Familie, und so war er es nicht gewohnt zu sparen. Er lebte aus dem Vollen, gab das Geld aus, ohne groß hinzuschauen. Er verbrachte alle Zeit in seinem Atelier.

In Paris gesellte sich eine junge Freundin zu ihm, die dreißigjährige Michelle. Er nannte sie Mischa. Mischa liebte es, sich herauszuputzen. Sie verprasste fast das ganze Geld von Swerjew in teuren Boutiquen. Immerzu brauchte sie etwas: Mal musste sie das Auto wechseln, mal die Wohngegend.

Sie lebte im arabischen Viertel von Paris. Wenn man dorthin geriet, glaubte man nicht in Frankreich, sondern in einem muslimischen Land zu sein: orientalische Gesichter, kleine Läden dicht aneinander wie im Basar und ringsumher die arabische Sprache.

Swerjew gab Mischa Geld, und sie zog um, ins Zentrum von Paris. Von ihren Fenstern aus konnte man nun den Eiffelturm sehen. Swerjew dagegen wohnte immer noch in seiner gemieteten Mansarde. Er war es nicht gewohnt, an die Zukunft zu denken. Für seine Lebenszeit würde das Geld schon ausreichen, und alles Weitere war ihm gleichgültig.

An Geld gewöhnt man sich. Geld macht zwar nicht froh, aber es befreit und gibt Sicherheit.

Michelle kam oft ins Atelier, aber sie räumte nicht auf, putzte nicht und kochte auch nicht. Sie fanden immer eine Ecke, die nicht völlig zugemüllt war. Sie trugen den kleinen Zeitungstisch dorthin und aßen zusammen fertiges Essen aus einem chinesischen Restaurant.

Die Französinnen waren den russischen Frauen überhaupt nicht ähnlich. Da gab es keinerlei Aufopferung, jeder war für sich selbst verantwortlich.

Swerjew war talentiert und berühmt, aber auf Michelle machte das nicht den geringsten Eindruck. Er war begabt, na gut, aber das hieß doch nicht, dass sie, Michelle, für ihn das Geschirr abwaschen und den Staub von den Skulpturen putzen musste. Man konnte doch eine Putzfrau anheuern, die würde das viel professioneller machen.

Die russischen Frauen liebten es, die Beziehungen zu klären, sie schluchzten und erpressten Liebesbeweise. Wenn er ihre Tragödien anhörte, spürte Swerjew, welche Macht er besaß, und wurde zum Macho.

Michelle dagegen litt gar nicht erst. Sie war jung, kurzhaarig, zielstrebig – sie war unverwundbar.

»Was wirst du tun, wenn ich einmal nicht mehr da bin?«, fragte Swerjew irgendwann.

»Wieso, stirbst du?«, wollte Michelle wissen.

»Vielleicht verlasse ich dich. Ich kehre nach Russland zurück, beispielsweise.«

»Dann wird es jemand anderen geben. Ein Mann ist doch nie ein Problem.«

Swerjew war also leicht ersetzbar.

Das war hier nicht Tata, seine Moskauer Geliebte. Sie hatte an ihm geklebt wie ein Heftpflaster, das man nicht abreißen konnte. Swerjew hatte sich nur um den Preis der Emigration von ihr befreien können.

Wenn man zu sehr geliebt wird, ist das schwer zu ertragen. Aber wenn man so leicht ersetzt werden kann, ist das geradezu ekelhaft. Ernsthaft liebte Michelle anscheinend nur das Geld, *l'argent*. Sie lebte frei mit Swerjew, aber sie ließ auch ihm die Freiheit. Und das war das Wichtigste.

Frankreich gefiel Swerjew sehr, Paris rührte an sein Herz. Nicht umsonst hatte sich die erste Welle der Emigranten damals dort versammelt. Aber es fehlte ihm die russische Sprache und die russische Art, Freundschaften zu pflegen.

Die Franzosen hatten keinen Begriff von echter Freundschaft. Wenn du dein Herz ausschütten willst, dann geh zum Psychoanalytiker. Schütte es dort aus, und bezahle Geld dafür und nicht eben wenig ... Aber einfach so im Atelier zusammenzusitzen, mit ein bisschen Wodka, sauer eingelegtem Kohl oder sonst einem kleinen Happen zu essen; mit schönen Mädchen und um sich herum die Skulpturen … so was verstanden die Franzosen einfach nicht.

Die Sowjetmacht stand fest auf den Beinen – doch sie brach innerhalb einer Stunde völlig zusammen. Gorbatschow hatte dem Koloss die tönernen Beine angesägt.

Dann kam aus den Tiefen der Nomenklatura Jelzin hervorgekrochen und führte – wie Spartakus – die Sklaven in die Freiheit.

Was für eine Zeit das war … Die tumbe Masse verwandelte sich in ›das Volk‹. Solschenyzin kehrte auf einem weißen Ross heim. Swerjew wurde klar: Auch für ihn war es an der Zeit zurückzukehren.

Und Swerjew kehrte heim. Er war älter geworden – und schöner. Das Alter stand ihm gut, die tiefen Falten, die weißen Haare, man spürte seine Gutmütigkeit.

Bevor er ausgereist war, hatte er alles verkauft. Er hatte nur das Atelier auf dem Dachboden des Hauses behalten, in dem er einmal gewohnt hatte. Inzwischen lebten in seiner Wohnung fremde Leute.

Swerjew betrat das Atelier und stellte den Koffer

ab. Alte, verstaubte Fragmente von Skulpturen begrüßten ihn, wie traurige Freunde. Auch sie brauchte niemand.

Im Westen verlor sich das Interesse an allem Russischen, das vor Jahren aufgekommen war. Und hier, in Russland, hatte man Swerjew inzwischen auch vergessen. Jede Epoche hat ihre Helden. Und Swerjews Epoche war vorbei. Nun hatte die Epoche der Politiker und Bankiers begonnen. Die Stars waren jetzt die Oligarchen.

Die Russen hatten schnell Geschmack am Geld gefunden. Für Geld konnte man Jachten und Flugzeuge kaufen, die Ozeanluft einatmen oder die Längen- und Breitengrade wechseln. Man konnte beispielsweise dem Frühling hinterherreisen.

Die russischen Mädchen verwandelten sich schnell in Michelles. Sie betrachteten ihre Jugend und Schönheit als Kapital.

Wo bist du geblieben, Tata, du selbstlose und ergebene Geliebte?

Geblieben aber waren die Freunde, lange Gespräche beim Wodka mit Hering und sauer eingelegtem Kohl, plus ein paar schöne junge Damen. Und das war doch gar nicht so schlecht. Nur dass die jungen Frauen in seiner Werkstatt nicht mehr putzten und auch nicht Geschirr spülten. Alles genau wie in seiner Pariser Mansarde.

»Du musst heiraten«, riet Mirka Swerjew. »Eine Frau kann auch allein leben, aber ein Mann nicht. Du lässt dich gehen.«

»Ich bin es gewohnt. Ich lebe schon lange allein«, sagte Swerjew.

»Ja und, kochst du dir etwa selbst?«

»Ich koche mir schon ewig selbst.«

»Und die Unterhaltung?«

»Frauen sind kein Problem.«

»Ja klar, junge Nutten«, sagte Mirka. »Denkst du, die brauchen dich? Die brauchen bloß dein Geld, mehr nicht. Was du brauchst, ist eine schöne, gutmütige und reiche Frau.«

»Und wozu braucht die mich? Die kann doch einen jungen Kerl finden.«

»Bevor man etwas ablehnt, muss man wissen, *was* man ablehnt, oder besser gesagt *wen*. Schau sie dir einfach mal an, mehr nicht.«

Swerjew hatte nicht vor, in seinem Leben etwas zu verändern. Er war an die Einsamkeit gewöhnt. Sie gefiel ihm.

»Also, wann?«, bohrte Mirka nach.

»Gar nicht«, antwortete Swerjew.

»Es zwingt dich ja niemand zu heiraten. Schau sie dir doch einfach mal an, nur so.«

»Was legst du dich überhaupt so ins Zeug? Was hast du eigentlich davon?«

»Rein gar nichts. Ich finde einfach, es sollte in der Welt mehr Liebe geben. Je mehr Liebe es gibt, umso glücklicher ist die Menschheit.«

»Sehr schöner Gedanke«, bemerkte Swerjew.

Die Perestroika hatte den russischen Charakter verdorben. Der Kapitalismus versaute die Leute generell. Aber Mirka war noch eine ›Sowka‹, eine aus der alten Sowjetunion, wo der Mensch noch des Menschen Freund war.

Swerjew hatte Sehnsucht nach der Vergangenheit, in der er noch jung war und berühmt und von den Frauen geliebt. Da gab es keine privaten Jachten und Flugzeuge. Damals konnte man von einer Rente leben, jetzt hingegen nicht mehr.

Swerjew erhielt eine Zulage zu seiner Rente für die Verdienste um das Vaterland. Diese Zulage hieß ›Kompensationshilfszulage‹. Nicht einmal das Wort hatte er je zuvor gehört. Es war sehr wenig Geld, buchstäblich ein Almosen. Swerjew rief befreundete Künstler an und sagte: »Ich werde das ablehnen.«

»Das kannst du machen, aber niemand wird es überhaupt zur Kenntnis nehmen«, sagten die Freunde. »Es gibt ein Sprichwort: ›Die Greisin zürnte der Stadt, aber die Stadt wusste nichts davon.‹ Genau so wird es sein. Also, sei kein Dummkopf.«

Swerjew dachte nach. Seine Ablehnung könnte als Respektlosigkeit gegenüber der Regierung empfunden werden. Und wieder könnte ein Tasik erscheinen, wenn er noch lebte. Und wieder würden aus dem Hintergrund ein Feldstein und ein Unsichtbarer hervortreten.

Swerjew wollte keine Konfrontation mehr, nicht noch eine Emigration. Er wollte nur in Ruhe gelassen werden.

Mirka rief siebzehn Mal an. Sie hängte sich wie eine Klette an ihn. Swerjew schob auf, vertagte ein etwaiges Kennenlernen immer wieder, aber Mirka blieb hartnäckig.

»Wie stellst du dir das überhaupt vor?«, fragte Swerjew.

»Du kommst zu mir zu Besuch. Und sie kommt zufällig vorbei.«

»Und weiter?«

»Ihr setzt euch an den Tisch und esst zusammen Mittag.«

»Das heißt, ich esse meine Suppe, und ihr beide begutachtet mich dabei? Das ist ja erniedrigend.«

»Na gut. Was ist dein Vorschlag? Ich höre.«

»Ich werde eine Ausstellung haben im ›Haus des Künstlers‹. Ihr kommt beide zur Ausstellung. Dort können wir uns kennenlernen. So wie nebenbei.«

»Und wann ist diese Ausstellung?«

»Am fünften April. Um sieben ist die Eröffnung. Karten lasse ich euch am Eingang zurücklegen.«

»Na gut, *ça va*«, sagte Mirka.

Mirka benutzte eine französische Wendung. Aber Mirka war ganz und gar keine Französin. In Frankreich würde niemand solche hartnäckigen Vermittlungsversuche unternehmen. Um jemanden kennenzulernen, dafür gab es Zeitungen. Und zweitens: Niemand bohrte sich in einen anderen hinein wie eine Zecke, die Enzephalitis überträgt. Und niemand mischte sich ins Privatleben eines anderen ein. Das tat man einfach nicht.

Es kam der fünfte April. Vom Morgen an fiel Schneeregen. Mirka wachte in ihrer Moskauer Behausung auf. Sie trat zum Fenster. Dahinter waren nichts als graue Schwaden, von Regen durchbrochen. Sie dachte: ›Wer, zum Teufel, geht denn bei dem Wetter zu einer Ausstellungseröffnung? Wer mag sich schon im Gedränge in der Metro zwischen all den grauen nassen Mänteln hindurchschieben ... Muss ich mir das antun?‹

Aber es wäre ihr unangenehm gewesen, alles abzublasen. Schließlich hatte sie siebzehn Mal angerufen, war Swerjew auf die Pelle gerückt, und jetzt absagen ...

Mirka seufzte und ging ins Bad. Sie musste sich die Haare färben. Mirka hasste die Färberei, aber das graue Haar wuchs am Haaransatz schon in einem breiten weißen Streifen heraus. Man konnte doch nicht so an einen offiziellen Ort gehen.

Mirka betrachtete ihr Spiegelbild. Wenn das ein fremdes Gesicht gewesen wäre, hätte es ihr nicht gefallen. Da das Gesicht im Spiegel aber ihr persönlich gehörte, war sie großzügig. Am schönsten findet man sich ja immer selbst.

Ariadna trank Kaffee und sah aus dem Fenster. Die Worte von Kornej Tschukowskij fielen ihr ein: ›Vom Himmel rieselte jede nur denkbare Schweinerei.‹ Ein nassgrauer Tag war aufgezogen, wie im Herbst, und sie jagte kopfvoran wie die Jagdgöttin Diana nach dem Glück. Oder vielleicht eher wie die Schweine nach dem Trüffel. Was für ein Glück sollte denn das sein, in ihrem Alter? Die jungen Frauen rannten dem Glück in Scharen hinterher und schafften es nicht, ihr Leben gut einzurichten. Die Männer ringsumher waren entweder schwul oder Alkoholiker. Und sie hoffte da noch auf etwas. Es war wohl an der Zeit, vom Himmel auf den Boden zurückzukommen.

Ihr Fahrer Dima rief an. Er wollte genau wissen, wann sie das Auto brauchte.

Ada hätte am liebsten geantwortet: ›Die Fahrt ist abgesagt.‹ Aber das wäre ihr vor Mirka peinlich gewesen. Sie hatte sich so bemüht, hatte sich ein Bein ausgerissen, und jetzt einfach absagen, nein, das ging nicht …

»Gegen sechs Uhr«, sagte Ariadna.

»Anweisung verstanden«, meldete Dima militärisch. Die alten Gewohnheiten ließen ihn nicht los.

Die Ausstellung wurde um sieben Uhr eröffnet.

Es waren nicht viele Leute gekommen. ›Der Kater hatte ausgemaust‹, wie man sagt.

Es hatte einmal Zeiten gegeben, da hatte sich die Schlange für eine Ausstellung von Swerjew über mehrere Straßen hingezogen. Man hätte sich bereits um sechs Uhr angestellt, um bei der Eröffnung dabei zu sein. Doch jetzt streiften vierzehn Leute verschiedensten Alters ruhelos durch die Säle.

In den sechziger Jahren – jetzt schon des letzten Jahrhunderts – hatte sich Swerjew auf die Bildhauerei verlegt und alle früheren Vorstellungen gesprengt. Die Kritiker hatten nicht gewusst, wie sie diese neue Richtung einordnen sollten: Hyperrealismus, Surrealismus … Aber auf jeden Fall war das kein ›Sozrealismus‹.

Seither waren zwei Generationen herangewachsen, Kinder und Kindeskinder. Sie hatten ihre eigenen Idole. Und Swerjew hatte seinen Zenit überschritten und wurde an den Rand gedrängt, wo ihn niemand mehr kannte außer den Gleichaltrigen. Und die Gleichaltrigen blieben bei diesem Wetter lieber zu Hause. Auf jeden Fall drängte es sie nicht, in Ausstellungen zu gehen.

›Wenn sie bloß nicht herkämen!‹, dachte Swerjew, wobei er Mirka und die ›Braut‹ im Sinn hatte.

Swerjew hatte vor ihnen glänzen wollen, aber so, wie es jetzt aussah, war da nichts als Rost…

An der Tür tauchte Mirka auf, einen riesigen Rosenstrauß im Arm. Die Frau daneben musste wohl sie sein – die ›Braut‹.

Swerjew sah die Braut kurz an, es genügte ihm ein halber Blick, ja ein Viertelblick. ›Nichts Überflüssiges an ihr‹, kommentierte Swerjew im Stillen. Und das war ein hohes Lob. In seiner Arbeit mit dem Marmor schlug er immer Stück für Stück alles Überflüssige ab und erhielt schließlich das, was er sich ausgedacht hatte. ›Die Braut‹ stand da wie ein fertiges Kunstwerk. Alles Überflüssige war vom Schöpfer abgehauen worden. Und die hohen Absätze, auf denen sie stand, gaben ihr etwas Luftiges.

Mirka kam zielstrebig auf Swerjew zu und drückte ihm die Blumen in die Hand.

›Was mache ich denn jetzt damit?‹, dachte Swerjew. ›Ich kann doch hier nicht die ganze Zeit mit einem Blumenstrauß herumrennen wie ein Schwuler.‹

»Es ist für Sie vielleicht unbequem, mit den Blumen herumzulaufen«, begann Ariadna. »Wenn Sie wollen, trage ich sie für Sie …«

Swerjew händigte ihr erleichtert die Blumen aus. »Valentin«, stellte er sich vor. Dann fügte er noch den Vatersnamen hinzu: »Sergejewitsch.«

»Ariadna …«

»Was für ein vielsilbiger Name.«

Er hatte gesagt: ein ›vielsilbiger Name‹, nicht ein ›langer Name‹. Und das gefiel ihr.

»Sie können mich Ada nennen.«

»Das ist schon besser. Nichts Überflüssiges«, sagte Swerjew anerkennend.

Auch in Adas Verhalten war ganz und gar nichts Überflüssiges: die klare, helle Stimme, die Ruhe, keinerlei Quirligkeit, ganz im Gegensatz zu Mirka.

Mirka war mal wieder voll in Fahrt, sie war geradezu außer sich vor Geschäftigkeit.

›Sie ist eben noch eine junge Seele, keine reife‹, dachte Swerjew. Die Jugend der Seele hing nicht vom Alter ab. Man konnte ein hohes Alter haben und dennoch eine unreife Seele.

Langsam kamen doch noch Leute in die Ausstellung. Der Saal füllte sich allmählich. Ariadna schritt zwischen Skulpturen und Bildern einher.

Sie versuchte, Swerjew durch sein Schaffen zu erspüren. Verstümmelung, Leidenschaft, Hypersexualität, Egozentrik, all das kochte hier und fand seinen Ausdruck.

Und da, das Bild *Der Alte*. Es war das Bild eines Menschen auf der untergehenden Titanic. Die Erwartung des völligen Endes. Die Apokalypse.

Das Fernsehen tauchte auf. Man richtete die Kamera auf Swerjew.

Mirka drängte sich daneben, sie versuchte, auch ins Bild zu kommen.

»Sind Sie für immer zurückgekehrt?«, fragte die Fernsehjournalistin. »Oder sind Sie nur zeitweilig hier?«

»Das wird sich zeigen«, antwortete Swerjew.

»Und wovon hängt es ab?«

»Davon, wo ich mehr gebraucht werde.«

»Die Kassette hat sich verheddert«, verkündete der Kameramann.

Die Fernsehleute legten eine andere Kassette ein.

Swerjew nutzte den Moment, um zu Ariadna zu gehen.

»Nun?«, fragte er unbestimmt.

»Anscheinend haben Sie ein drittes Auge«, antwortete Ada.

»Und wo ist das? Auf der Stirn?«

»Auf dem Scheitel.«

»Und wozu braucht man ein Auge auf dem Scheitel?«

»Um den Himmel zu sehen.«

»Das ist schön …«

Sie schwiegen einen Moment. Das gemeinsame Schweigen war nicht peinlich, sondern erfüllend.

»Ich habe zwei Karten fürs Bolschoi-Theater bekommen«, fiel Swerjew ein. »Ich wollte nicht hingehen, aber jetzt dachte ich gerade: Kommen Sie mit, gehen wir zusammen hin.«

»Mit Vergnügen«, sagte Ada direkt. »Ich war schon so lange nicht mehr im Bolschoi-Theater.«

Um genau zu sein, war sie seit damals nicht mehr dort gewesen, seit sie mit durchnässten Filzstiefeln dagesessen hatte. Das war vierzig Jahre her.

»Und wo sind Sie denn sonst meistens?«

»Auf dem Friedhof.«

Er sah ihr ins Gesicht. Sie hatte eine schöne Stirn und wunderschöne Augen, aber der größte Schatz eines Gesichts war der Pfad von der Nase zur Oberlippe. Man sagt, dass dieser Pfad die zarte Berührung eines Engels ist, der Engelspfad.

Swerjew war überzeugt, dass alle Menschen Tieren ähnelten: manche den Katzen, andere Hunden, Bären, Hühnern oder Pferden.

Swerjew selbst fand, er ähnle einem Pferd. Große Augen, weiche Lippen und eine dominierende Nase.

Ada glich einer Katze. Hohe Wangenknochen, Katzenaugen und dieser Engelspfad, der kindlich und rührend war.

Die Journalistin kam wieder auf Swerjew zu.

»Wir sind so weit«, sagte sie.

»Aber ich bin noch nicht so weit.«

»Dann warte ich auf Sie«, sagte die Journalistin liebenswürdig.

Aber wie kann man miteinander reden, wenn einem jemand so im Nacken sitzt.

Swerjew rief am nächsten Tag an, und sie gingen zusammen ins Bolschoi-Theater. Es wurde Verdis *Rigoletto* gegeben.

Swerjew mochte Opern nicht. Es war eine gekünstelte, veraltete Kunstgattung. Alle sangen, hielten hohe Töne und verdrehten dabei die Augen. Die Heldin Gilda war dick: Das war nötig für das Klangvolumen, zur Stützung des Zwerchfells. Von Zeit zu Zeit fingen plötzlich alle an zu tanzen. Das Libretto war naiv und abgeschmackt. Gut war lediglich die Arie des Herzogs, aber so etwas konnte man auch einfach hören, dazu musste man nicht unbedingt ins Bolschoi-Theater gehen und dort drei Stunden lang herumsitzen.

Das Einzige, was Swerjew gefiel, war das Theater selbst. Ein Theater musste besondere Gegebenheiten haben: die Bühne und – weiter weg – die Zuschauer. Und nicht alles auf einem Haufen wie in den modernen kleinen Theatern.

Swerjew saß neben Ariadna. Es gefiel ihm, sie anzuschauen und ihr zuzuhören. Da war nicht ein einziges leeres Wort.

Michelle hatte sich oft ganz in Schwarz mit silbernen Accessoires angezogen: Silbergürtel, -schuhe, silberner Modeschmuck. Der matte Glanz des Silbers auf schwarzem Grund. Es war effektvoll.

Ariadna mochte keinen Modeschmuck. Ihr Schmuck war echt und sehr teuer. In Frankreich hätte man so etwas in einer Bank im Safe aufbewahrt. So etwas an sich zu tragen war riskant, man konnte überfallen werden.

Ariadnas Alter war wie ausgewischt, sie war zeitlos. Das Funkeln der Jugend war nicht mehr da, aber ein Verblühen war noch nicht zu bemerken. Es war die klare Zeit des Altweibersommers. Und Swerjew sah neben ihr nicht lächerlich aus. Ein alternder Meister, aber noch kein Greis. Er war noch ein Mann. Und man konnte sehen, dass zwischen ihnen beiden *alles möglich* war. Und nicht nur leise Gespräche.

Ada ermüdete einen nicht. Sie war wie französisches Gebäck: süß, aber nicht allzu süß. Nichts Überflüssiges war an ihr.

Der Herzog auf der Bühne – jung, mit dicken Hüften und Schenkeln – sang wie eine Nachtigall. Swerjew hörte zu und hörte doch nicht zu. Er vertiefte sich in sich selbst. Es war angenehm, bei Musik über dieses und jenes nachzudenken …

Sein Gedächtnis schwemmte seine erste Frau Lida an die Oberfläche, die all seine Armut noch mit abbekommen hatte, und all seine Treuebrüche.

Die armen, armen ersten Ehefrauen. Das Leben beginnt erst, die Persönlichkeit ist noch nicht geformt, und alle Schaumschlägerei, aller Schmutz, alle Erniedrigung und auch der Spott, all das traf die ersten Ehefrauen. Sie gaben Feuerschutz.

Und Erfolg, Geld, Liebe – all das erhielten später die zweiten Ehefrauen.

So war es auch bei Swerjew gewesen.

Seine zweite Frau Tanja war ihm zugefallen wie eine Beute im Kampf. Er hatte sie von ihrem Ehemann losgeschlagen. Dafür waren drei Jahre draufgegangen. Schließlich hatte er Tanja dem Schicksal abgerungen. Aber dann waren sofort die Prüfungen auf ihn niedergeregnet: Tasik, der Unsichtbare und der Feldstein. Tanja hatte, wie sich herausstellte, eine Besonderheit. Mit ihr war alles gut, solange die äußeren Umstände gut und heiter waren. Aber wenn die äußeren Umstände schlecht waren, verfiel sie in Panik und versumpfte darin. Wenn es ringsumher schlecht stand, dann wurde mit ihr alles nur noch schlechter.

In den Westen reiste er allein aus. Tanja weigerte sich mitzukommen. Sie sagte, in der Emigration zu leben, sei wie auf Besuch zu sein. Und ein Gast stinke ja bekanntlich spätestens am zweiten Tag.

In dieser Zeit tauchte Michelle auf. Er liebte sie nicht. Seine Seele war durch Tanja ausgebrannt. Auf verbrannter Erde wächst nichts. Und auch seine Skulpturen aus dieser Periode waren schonungslos verkrüppelt, wie der Glöckner von Notre-Dame. Aus seiner Seele quollen Verletzung und Schmerz.

Tanja rief nie an. Sie hielt das nicht für nötig. Sie war es gewohnt, dass die Initiative von Swerjew ausging. Aber auch er rief sie nicht an. Er wollte keine weiteren Brandwunden. Im Atelier stand eine unvollendete neue Arbeit. Das war das Wichtigste. Außerdem wusste er, dass Tanja zu ihrem Mann zurückgekehrt war. Sie konnte nicht außerhalb einer Festung leben. Es war für sie unverzichtbar, sich an jemanden anzulehnen. Nun ja, Gott mit ihr. Ein zweites Mal würde er nicht darum kämpfen, sie aus ihrer Familie loszureißen. Ein gutsituierter Ehemann kam ihr wohl mehr zupass als ein unberechenbarer Künstler.

Swerjew hätte vielleicht in ihr Konzept gepasst, wenn man ihn einen Kopf kürzer hätte machen können, wenn er ein wenig mittelmäßiger gewesen wäre. Aber natürlich hätte er dabei den Erfolg, den Ruhm und den Dornenkranz eines Märtyrers behalten sollen. Er hätte das Unvereinbare verbinden sollen und davon selbst unberührt bleiben, alles wie vom Rand her beobachten.

Ada beugte sich zu ihm hinüber und fragte leise: »Hören Sie nicht zu? Wenn Sie wollen, können wir auch gehen.«

»Warten wir bis zur Pause«, entgegnete Swerjew ebenso leise.

Ariadna vertiefte sich in die Handlung auf der Bühne, und Swerjew vertiefte sich weiter in sich selbst. In seine Pariser Zeit. Er hatte viel verdient, doch das Geld war ihm wie Sand durch die Finger geronnen. Er hatte ein lockeres Verhältnis zu den französischen Francs. Wozu brauchte er Geld auf der Bank? Zehnmal am Tag kann man ja nicht zu Mittag essen und in zehn Betten gleichzeitig nicht schlafen.

Jetzt hätte er dieses Geld natürlich gut gebrauchen können. Nun hatte er kaum einen Rubel auf der Naht, nur die lächerliche Pension und die ›Kompensationshilfszulage‹. Doch wer hatte damals ahnen können, dass er zurückkehren würde. Die Sowjetunion stand damals noch unerschütterlich da. Aber es würde schon reichen. Sich selbst schätzte Swerjew jetzt als jungen alten Mann ein. Und was brauchen alte Leute noch groß?

Sie gingen in der Pause.

Das Wetter war grässlich, nichts als Wind und Dunkelheit.

Swerjew stellte sich vor, wie sie sich jetzt bis zur Metrostation durchkämpfen müssten.

Aber nicht weit vom Theater war Adas Auto geparkt, groß und silberfarben wie ein Diplomatenauto. Im Auto saß ein stattlicher Chauffeur.

Swerjew stieg ein. Ledersitze, geräumig und glatt. Der Chauffeur schaltete das Radio ein. Von irgendwoher wurden Strauss-Melodien übertragen. Regentropfen schlugen an die Scheibe, aber alle Nässe und Ungemütlichkeit blieb draußen. Im Auto waren Bequemlichkeit und Musik von Strauss. Das war ja das reinste Märchen aus dem Wiener Wald.

In der Jugend kann man gut ohne Bequemlichkeit auskommen. Wenn man jung ist, hat man einen leichten Körper, jede Menge Energie und bemerkt gar nicht so genau, was außen herum ist. Aber im dritten Alter …

»Wohin sollen wir Sie bringen?«, fragte Ada.

»Wollen Sie mich schon nach Hause fahren?«, testete Swerjew die Lage. »In Ordnung. Aber nur unter einer Bedingung: dass wir bei mir noch einen Tee trinken.«

»Bedingung angenommen«, stimmte Ada zu.

Der Chauffeur fuhr los. Der Wagen startete weich, und man spürte, dass er schnell jede beliebige Geschwindigkeit erreichen konnte.

Ariadna betrat das Atelier. Sie schaute sich um.

Die Tapeten hingen von den Wänden wie Elefantenohren. Über den alten Diwan war eine Decke geworfen, eine Gobelinstickerei mit undeutlicher Zeichnung. Wenn man sie ein paarmal durch die Waschmaschine jagen würde, käme die Zeichnung auf der Decke sicher wieder zum Vorschein. Es schienen Blumen abgebildet zu sein. Rosen vielleicht.

Vollendete und unvollendete Arbeiten besetzten den ganzen Platz um den Tisch herum. Die Skulpturen in der Ecke sahen aus wie Flüchtlinge aus einem Land, in dem Krieg herrschte.

Swerjew fing an herumzuwirtschaften. Er stellte Zwieback, Konfitüre und Hafergebäck auf den Tisch. Nichts als Kohlenhydrate, keinerlei Eiweiß.

Ada war an Swerjews statt gekränkt. Er war ein Genie und lebte wie ein Obdachloser. Er achtete nicht darauf, was er aß, worauf er schlief. Sie dachte: Man müsste eine Arbeitsbrigade zusammenstellen und dieses Atelier gründlich renovieren. Die Wände müssten neu tapeziert werden, die Türen, Fenster samt Fensterbänken ausgewechselt.

Sie setzten sich. Swerjew goss Tee in die Tassen.

Ada hatte immer Angst, Wasser aus dem Wasserhahn zu trinken, auch wenn es abgekocht war. Aber nicht zu trinken hätte geheißen, den Gastgeber zu beleidigen. So nahm Ada vorsichtig ein paar Schlucke.

Swerjew gefiel es, dass sie so verhalten war, sie genierte sich wohl wie eine Schülerin. Und außerdem gefiel ihm, dass sie nachher aufräumte, dass sie den Tisch abwusch und das Geschirr spülte. Normalerweise aßen und soffen seine Gäste nur, bekleckerten alles, und er musste um sie herumwirbeln und hinterher ihre Flecken beseitigen.

Ada wusch das Geschirr. Dann trocknete sie sich die Hände ab und nahm ihren Mantel vom Haken.

»Geh nicht weg«, sagte Swerjew leise. »Komm, wir legen uns zusammen auf das Sofa …«

Swerjew sah sie an, nicht wie ein erfahrener Verführer, sondern wie ein Halbwüchsiger oder sogar ein Kind, dem kalt ist und das sich wärmen will: ›Komm wir legen uns zusammen hin …‹

Ada spürte, wie ihr eigenes Herz schlug. Sie war aufgeregt. Swerjew gefiel ihr: sein Geruch, die warmen Hände, die Art, wie er schaute. Von ihm ging eine männliche Kraft aus. Und das war eine Zusammensetzung von Energie und Zurückhaltung …

Ada warf einen Seitenblick auf die leicht schmuddelige Decke. Sie würde es nicht über sich bringen, sich auf dieses Lager niederzulassen. So stand sie unentschlossen da. Aber mit einem Mal dachte sie: ›Ist es denn so wichtig…‹

Den ganzen folgenden Tag ging Swerjew nicht aus dem Atelier. Er malte Ariadna. Aus dem Gedächtnis. Er brauchte die lebendige Natur nicht. Sein Gedächtnis hob die wesentlichen Fragmente klar hervor: die Augen, das Oval des Gesichts, der Engelspfad, die nackte Schulter. Swerjew malte ihr Porträt, und dabei kam es ihm vor, als sei Ada gar nicht weg. Sie war bei ihm, sie war sogar in ihm – ja, das war sie. Swerjew malte Ada nicht nur mit den Farben, sondern mit Leidenschaft und Zärtlichkeit. Und all das steckte in den Pinselstrichen.

Das Telefon klingelte. Es war Mirka.

»Na, wie steht's?«, fragte Mirka.

»Wovon redest du?«, fragte Swerjew nach.

»Na, vielen Dank!«, sagte Mirka beleidigt.

Sie hatte die ganze Geschichte eingefädelt, hatte den Cocktail gerührt und geschüttelt, und jetzt wollte man sie noch nicht einmal in Kenntnis setzen, ob es geklappt hatte.

»Wir waren im Theater«, erstattete Swerjew Bericht.

Mirka war nochmals verletzt. Sie waren im Theater gewesen – ohne sie. Ihr schien, dass bei dieser liebenswürdigen Intrige doch sie die Hauptperson war. Und nun stellte sich heraus, dass man wunderbar auch ohne sie zurechtkam. Es war kränkend, und der Beigeschmack von Neid kam auf.

»Und wie war es?«, fragte Mirka.

»Was meinst du? Das Theater?«

»Na, was hat denn das Theater damit zu tun? Du weißt doch ganz genau …«

»Ich bin jetzt gerade auf dem Sprung«, entschuldigte sich Swerjew. »Lass uns später weiterreden, ja?«

»Nun sag schon ein einziges Wort: ja oder nein?«

»Ja, ja, ja und nochmals ja!«, rief Swerjew mit wohlklingender Stimme und hängte auf.

›Hätte wenigstens mal danke sagen können, das Schwein …‹, dachte Mirka.

Ada lud Swerjew zu sich auf die Datscha ein. Sie hatte ihm ihr Auto samt Fahrer schicken wollen, aber Swerjew hatte abgelehnt. Er käme auf seine Art.

Ariadna begrüßte ihn auf dem steinernen Treppenvorplatz. Sie trug einen blauen Poncho. Diese Farbe nannte man Indigo.

Swerjew kam auf sie zu. In der herunterhängenden Hand hielt er das Bild. Ihm gefiel hier alles. Es gefiel ihm, dass es keinen Rasen gab, sondern einfach der Wald stehengelassen war. Ein Igel mit rundem Rücken überquerte auf seinen kurzen Beinchen den Pfad zum Haus. Über seiner niedrigen Stirn stand ein stacheliger Schopf ab.

Ein hässliches Tierchen, aber ein liebes.

Eine Katze kam heran, eine echte Schönheit. Sie blieb einen Moment stehen, dann rieb sie sich an Swerjews Bein.

Ein Vogel flog ganz tief an ihm vorbei.

»Der hat hier ein Nest«, erklärte Ada.

»Ein lebendiger Fleck ist das hier«, bemerkte Swerjew.

Ada selbst stand da wie eine Waldfrau. In indigofarbenem Gewand. Und alles umher war ihr untertan: die Tiere, die Bäume, die Menschen.

›Wie gut das tut‹, dachte Swerjew. Was guttat? Alles. Alles, was auf einmal in ihm war und um ihn herum.

In der letzten Zeit hatte er gar nichts mehr bemerkt. Hatte nichts mehr bemerken wollen. Alles war ihm gleichgültig gewesen. Er hatte in den Tag hinein gelebt, und er hatte keinerlei Angst gehabt zu sterben. Er war dem Leben gegenüber gleichgültig geworden, hatte nur noch aus der Gewohnheit zu leben weitergelebt. Aber jetzt ging er diesen Pfad entlang, sah und hörte und fühlte wieder. Das Leben in ihm erwachte wieder durch seine Augen, durch jeden Atemzug.

Er ging auf Ada zu und küsste sie. Er versenkte sein Gesicht in ihr Haar, wie in einen Feldblumenstrauß. Da stand er und atmete sie ein. Er atmete durch sie, im wahrsten Sinne des Wortes.

Er trat ins Haus. Sie suchten einen Platz für das Bild.

Auf dem Gemälde war Ada. Ihre Augen waren durchsichtige Sphären. Die Abbildung hatte etwas Dreidimensionales. Man spürte den Raum, die Weite. Wie konnte man so etwas malen? Nur ein Übermensch konnte so etwas erschaffen. Und dieser Übermensch war in ihrem Haus, stand neben ihr. Da stand er wie ein ganz gewöhnlicher, statistisch betrachtet ganz durchschnittlicher Mensch. Er kannte seinen eigenen Wert nicht. Nein, den kannte er ganz und gar nicht.

Ada betrachtete Swerjew voller Entzücken, und er wurde unter ihrem Blick jünger, mutiger, talentierter. Wie schön das war.

Sie fanden einen Platz für das Bild neben dem Fenster. Swerjew zog Dübel und Haken in einem Päckchen aus der Hosentasche. Das hatte er, für alle Fälle, eingesteckt. Ada brachte einen Bohrer. Swerjew bohrte geschickt ein Loch in die Wand, schlug den Dübel ein und trieb den Haken hinein. Das konnte er gut. Wie oft in seinem Leben hatte er das schon getan: zu Hause, in seinen Ateliers, bei seinen Ausstellungen.

Sie hängten das Gemälde auf, und es schien, als habe dieses Bild schon immer dort gehangen. Man konnte sich gar nicht mehr vorstellen, dass es einmal nicht dort gewesen war.

An der gegenüberliegenden Wand hing eine Fotografie von Adas verstorbenem Mann. Swerjew kam es so vor, als habe er diesen Mann schon irgendwo einmal gesehen. Ganz sicher hatte er ihn schon einmal gesehen. Aber wo bloß …

Die Köchin lief hierhin und dorthin und stellte Teller auf den Tisch.

Swerjew aß nie viel und begriff gar nicht, wozu man so viele Teller brauchte. Aber als sie sich hinsetzten, als ihm der wunderbare Geruch entgegenwaberte, erkannte er, wie bezaubernd es war, ein vielfältiges Essen vor sich zu haben: Vorspeisen, erster Gang, zweiter Gang und noch andere.

Das Leben war hier auf hohem Niveau organisiert. Fünf Sterne. Komfort war hier Stil und Lebensart.

Swerjew bedauerte noch einmal seine verpassten Möglichkeiten. Wofür hatte er sein Geld bloß ausgegeben? Warum hatte er nie etwas gespart? Natürlich: Er hatte seine eigene Welt erschaffen, die Bilder, Skulpturen – das waren geistige Werte. Fremde Menschen würden sie betrachten und sich daran ergötzen. So gesehen, hatte auch er bewirtet, er hatte einfach fremde Menschen bewirtet.

Nach dem Essen gingen sie auf den Hof hinaus. Sie setzten sich in bequeme Gartenstühle.

Über ihren Köpfen schwankten die Wipfel der Bäume. Die Bäume selbst waren hoch und majestätisch. Mächtige Wurzeln ragten aus der Erde. Es gab keinen besseren Bildhauer als die Natur.

Die Luft war erfüllt vom Duft der Tannennadeln. Wenn man atmete, war es, als trinke man Wasser aus einer frischen Quelle. Swerjews Moskauer Atelier lag am Gartenring, einer sechsspurigen Straße. Der Lärm und die Auspuffgase erinnerten an eine aktive Kohlenzeche. Man konnte kaum das Fenster öffnen.

»Man möchte hier gar nicht mehr weg«, gestand Swerjew.

»Dann geh nicht«, sagte Ada. »Bleib einfach da.«

Und Swerjew blieb da.

Es war irgendwie ganz selbstverständlich, dass er für immer bei Ada bleiben würde. Genau wie das Bild an der Wand. Und es war genauso unvorstellbar, dass er einmal nicht hier gewesen war.

Wenn etwas klappen soll, dann klappt es sofort oder gar nicht.

Sie brauchten keine hochtrabenden Worte. Den Vorschlag von Herz und Hand hatte das Schicksal selbst gemacht.

In der ersten Zeit war Swerjew vierundzwanzig Stunden am Tag einfach nur glücklich. Das Glück war grell und stabil, wie die Hitze im Juli. Dann verging die Hitze, es blieb eine gleichmäßige seelische Wetterlage. Es war wie leise Musik hinter der Wand.

In dieser Zeit arbeitete Swerjew wie nie zuvor.

Ada ließ das Dachgeschoß umbauen. Sie richtete Swerjew dort ein Atelier ein, damit es unten im Haus nicht nach Farben roch. Die Mansarde wurde sehr stilvoll und chic. Sie war ganz mit Holz verkleidet, durchaus nicht schlechter als die, die Swerjew in Paris bewohnt hatte. Im Dach war ein Fenster eingebaut. Durch das Fenster sah man die Wolken.

Hier konnte man nachdenken, die Augen in den Himmel gerichtet. Nichts Irdisches lenkte einen ab.

Ariadna fuhr jeden Tag wegen geschäftlicher Angelegenheiten ins Stadtzentrum. Dann war es, als ob sie die Luft mitnähme. Ohne sie konnte er kaum atmen.

Aber dann kam sie wieder. Er hörte, wie auf dem Hof die Autotür auf- und zuklappte, und augenblicklich erfüllte ihn eine wilde Freude. Er ging hinunter, wobei er versuchte, diese jungenhafte Freude nicht zu zeigen, aber Ada sah beides: seine Freude und seinen Versuch, sie zurückzuhalten. Und sie antwortete mit demselben Gefühl. Sie war glücklich, dass sie nicht in ein leeres Haus zurückkehrte. Jemand wartete auf sie und freute sich über sie. Und es wartete nicht irgendein ›zum Henker‹, sondern ein Mensch wie ein Feiertag. Alles, was er sagte, war für sie interessant und bedeutungsvoll. Sich mit einem interessanten Menschen auszutauschen, das ist nicht weniger wichtig, als sich gesund zu ernähren. Der gedankliche Austausch, das ist auch Nahrung, bloß seelische.

Sie gaben einander das, was jeder von ihnen brauchte.

Und es war kaum vorstellbar, dass sie noch vor gar nicht so langer Zeit einander nicht gekannt und jeden Tag allein vor sich hingelebt hatten.

Abends sahen sie gemeinsam fern, eng aneinander geschmiegt. Sie kommentierten, was sie sahen. Ihnen gefielen dieselben Dinge, und dieselben Dinge gefielen ihnen nicht.

Bei Andrej Wosnessenskij gibt es die Zeilen: *»Du hast deine besten Jahre gegeben, und ich gab mein Talent.«* Ariadnas Jahre waren nicht die besten. Aber ihre weiblichen Kräfte waren nicht umzubringen.

Sie fühlte sich jung. Und auch Swerjew dachte überhaupt nicht an sein Alter.

Mirka kam vorbei. Sie betrachtete das holde Paar und fragte belustigt: »Na, späte Liebe?«

»Die Liebe ist nie spät oder früh«, entgegnete Ada. »Sie ist einfach, oder sie ist nicht.«

»Die erwachsene Liebe«, präzisierte Swerjew.

Mirka war neidisch. Ada hatte drei Männer gehabt, und sie nicht einen einzigen.

»Nur schade, dass so wenig übrigbleibt«, seufzte sie.

»Wie meinst du das?«, fragte Ada leicht angespannt.

»Na, im Sinne davon, dass wir alle schon auf das große Finale zugehen. Wir werden nun mal nicht dreihundert Jahre alt wie die Schildkröten.«

»In Japan beträgt die durchschnittliche Lebenserwartung neunzig Jahre.«

»Aber die essen nur Reis, Fisch und Meeresfrüchte«, erinnerte Mirka.

»Dann essen wir eben auch Reis und Crevetten. So hat mein Valentin gut und gern noch fünfundzwanzig Jahre vor sich.«

Swerjew schwieg einen Moment, dann sagte er: »Aber das ist nur noch wenig …«

Vorher hatte Swerjew das Leben nicht sonderlich hochgeschätzt. Er hatte nichts zu verlieren gehabt. Doch nun hatte er etwas zu verlieren. Jetzt war ihm jeder Tag und jede Minute lieb und teuer.

Es war schrecklich, an den Tod zu denken. Das war der Preis für die späte Liebe.

Ariadna nahm Swerjews Angelegenheiten in die Hand. Sie führte nun die Verhandlungen mit Auftraggebern und Galeristen.

Swerjew war als Geschäftsmann eine glatte Null. Die Auftraggeber sahen sofort, dass man ihn bestens über den Tisch ziehen konnte. Sie nannten ihren Preis. Doch Ada hängte eine Null an, erhöhte um das Zehnfache. Dabei blieb ihr Gesicht ruhig und leidenschaftslos, als drehe sich das Gespräch nicht um Geld, sondern um das Wetter vor dem Fenster.

Mit Swerjews Karriere ging es bergauf.

Große Perspektiven eröffneten sich ihm. Das Alter ist für Ballett- oder Zirkuskünstler von großer Bedeutung, aber Bildhauer können noch sehr lange in ihrem Beruf tätig sein. Sie leben und arbeiten bis zum Umfallen.

Ariadna bestand auf einem Auto für Swerjew. Swerjew widersetzte sich. Er hatte noch nie am Steuer gesessen. Er kam sich, was das betraf, hoffnungslos unbegabt vor. Er glaubte, dass er ganz sicher das Auto und sich selbst zu Schrott fahren, wenn nicht sogar – was Gott verhüte – andere Leben gefährden würde.

Aber Ada sagte: »Du kannst das.«

Und dann konnte er es tatsächlich. Es stellte sich heraus, dass das Leben mit Auto ein völlig anderes Leben war. Ein ganz anderer Freiheitsgrad. Und plötzlich war ihm unverständlich, wie er bisher ohne Auto und ohne Ada hatte auskommen können.

Er nannte sie Dusja, als nochmalige Verkleinerung der Koseform Adusja.

Sie war Dusja und er Valjusik. Manchmal auch Valentino, so *all 'italiana.*

Sie raspelten eigentlich nie Süßholz vor fremden Leuten, aber vor Mirka passierte es einmal.

»Hör mal, du Dusja, du«, konnte Mirka nicht an sich halten. »Zuerst hast du einen KGBler geliebt, und jetzt liebst du einen Bürgerrechtler. Den einen nanntest du Pusik und den jetzt Valjusik.«

»Na und?«

»Wie soll man denn das begreifen?«

»Ich liebte und liebe eben nicht die Funktion eines Menschen, sondern den Menschen selbst. Den Mann, wenn du so willst.«

»Und was ist mit den Prinzipien?«

»Von Prinzipien bekommt man keine Kinder. Kinder werden durch die Liebe geboren.«

»Du bist wie Tschechows *Herzchen*: Wanitschka und ich, Wassitschka und ich ...«

»Ja, aber doch nicht gleichzeitig. Zuerst mit Wanitschka und dann mit Wassitschka.«

Aus dem oberen Stockwerk kam Swerjew in Hose und Karohemd herunter. Er roch nach Farbe.

»Worüber wird denn hier verhandelt wie auf dem Basar?«, fragte Swerjew fröhlich.

»Über Tschechows *Herzchen*«, sagte Ada.

»Ich liebe dieses *Herzchen*«, sagte Swerjew. »Diese Frau muss ich unbedingt einmal malen.«

»Und Lenin hat sie verachtet«, erinnerte Mirka. »Er hat gesagt: *Herzchen*, das ist Trotzkij.«

»Juduschka ist Trotzkij, hat er gesagt«, korrigierte Swerjew, »die Romanfigur von Saltykow-Schtschedrin. Aber das *Herzchen* ist Potresow, versinnbildlichte für ihn die Menschewiken.«

»Woher weißt du denn das?«, fragte Ada verwundert.

»Lenin hat um seiner politischen Ziele willen alles Mögliche verdreht. Er war ein Fanatiker der Revolution, und das *Herzchen* hatte gar nichts damit zu tun. Das *Herzchen* hatte das wichtigste Talent, das ein Mensch haben kann: das Talent zu lieben.«

»Worauf spielst du denn jetzt an?«, fragte Mirka vorsichtig.

»Auf gar nichts. Ich rede ganz direkt.«

Mirka war gekränkt. Das hieß ja: Ada hatte ein Talent, und sie, Mirka, hatte es nicht. Er hatte sie abgewertet, so wie Lenin das *Herzchen*. Dieses Schwein. Sie hatte diese Verbindung gestiftet: die Verbindung Dusja-Valjusja, aber niemand anerkannte das. Sie hätten ja wenigstens mal danke sagen können. Oder ihr einen Seidenschal schenken …

Staroselskij, der Alte, feierte seinen Geburtstag. Es war ein runder, ein echtes Jubiläum.

Ariadna erhielt eine persönliche Einladung. Der Vorfall mit seinem Enkel bekümmerte ihn nicht weiter, denn Geschäft ist Geschäft, und Freundschaft ist Freundschaft.

Nicht hinzugehen wäre unmöglich gewesen. Alle Freunde von Leon würden dort versammelt sein, mit ihren Familien. Und das waren ja auch Adas persönliche Freunde.

»Lass uns zusammen hingehen«, sagte Ada. »Es ist für eine Frau ungehörig, ohne Mann zu kommen.«

»Du bist Witwe. Für dich ist es gerade ungehörig, mit einem Mann da aufzutauchen.«

»Wie lange wollen wir es noch verstecken und verheimlichen? Ich muss dich ihnen vorstellen…«

Sie gingen zusammen ins Restaurant.

Um die hundert Gäste waren versammelt. Alle hundert verzogen das Gesicht. Sie hatten erwartet, dass Ada allein und ganz in Schwarz erscheinen würde. Aber sie erschien verjüngt, in auffallender Schönheit, mit einem Bürgerrechtler am Arm – einem Menschen ›nicht aus ihren Kreisen‹. Jetzt waren natürlich andere Zeiten angebrochen, alle Kreise vermischten sich miteinander, aber trotzdem… Noch kein Jahr war vergangen, der Tote war noch nicht mal ganz kalt, da lief sie schon zu einem anderen Glauben über, verriet sie alle gleichzeitig.

Die Männer runzelten die Augenbrauen, sie sahen skeptisch zu ihren Frauen hin. Ob wohl auch ihnen, den noch lebenden Ehemännern, in nicht allzu ferner Zukunft dasselbe Schicksal drohte? Würde man ihnen posthum noch Hörner aufsetzen?

Und mit wem? Ausgerechnet mit den ideologischen Feinden.

Diese menschliche Herde wurde langsam immer älter und kleiner. Ein Jubiläum folgte nun aufs andere…

Immer länger wurde der bereits zurückgelegte

Weg, immer kürzer der noch vor ihnen liegende Pfad.

Ada und Swerjew setzten sich auf ihre Plätze.

Gegenüber von Swerjew saß ein älterer Herr, der ihm irgendwie bekannt vorkam, wenn er auch nicht wusste, woher. Dann sah Swerjew genauer hin und erkannte ihn: Es war der Feldstein. Er hatte sich wenig verändert, abgesehen davon, dass er ergraut war. Er war dick gewesen und war es immer noch. Die großen Augen sahen einen immer noch genauso durchdringend an.

»Guten Tag«, sagte der Feldstein. »Erinnern Sie sich an mich?«

»Was glauben Sie wohl?«

»Ich glaube, Sie erinnern sich.«

Neben dem Feldstein saß seine Frau, die unerwartet schön war. Diese ›Feldsteine‹ hatten sich die besten Frauen unter den Nagel gerissen.

Zwischen den kleinen Tischen ging ein Mann mit einem Akkordeon herum. Wie früher auf dem Dorf. In diese Kooperativen-Restaurants, wie das jetzt hieß, lud man die besten Künstler ein.

Der Akkordeonspieler, ein sogenannter verdienter Volkskünstler, spielte Lieder der siebziger Jahre. Die Lieder waren wunderbar, schöner als die modernen. Es waren die Melodien ihrer Jugend. Alle tauten auf und wurden fröhlicher.

Ada erfasste leichte Trauer. Sie dachte an Leon. Sie hatte ihn nie vergessen, nicht für eine Minute. Aber sie verstand es nicht, allein zu leben, konnte nicht leben, ohne sich um jemanden zu sorgen. Sie drückte sich selbst aus, indem sie ihren Liebsten diente. Ada vertrocknete ohne Zärtlichkeit. Lieben und geliebt werden, das war ihre Selbstverwirklichung. Tage ohne Liebe, das waren für sie Tage, die an den Teufel verschenkt sind. Sie hatte dem Teufel ein ganzes Jahr geschenkt, ganze zwölf Monate. Sie hatte wie unter Wasser gelebt, ohne Luft zu holen und mit geschlossenen Augen, ohne auch nur zu blinzeln. Aber jetzt tauchte sie auf und schwamm ans Ufer. Swerjew war ihr Ufer und ihre Anlegestelle. Sollten sie sie doch verurteilen und *Herzchen* nennen. Wer sagt denn, dass es eine echte Liebe nur einmal im Leben geben kann? Irgendjemand hatte das gesagt. Aber er hatte sich geirrt.

Der Feldstein betrachtete Swerjew ein wenig misstrauisch. So wie damals.

»Aber Sie sehen gut aus«, sagte er. »Besser als damals.«

»Danke. Arbeiten Sie immer noch dort?«

»Natürlich.«

»In demselben Büro?«

»Ja, in genau demselben Büro.«

»Und wo ist der andere? Der Weißblonde?«

»Er arbeitet nicht mehr im Dienst.«

»Ist er von selbst gegangen?«

»Nun ja … Von ganz allein geht bei uns keiner.«

»Alles klar«, sagte Swerjew. »Und wie stehen die Dinge so allgemein im KGB?«

»Jetzt sehr gut.«

»War es auch mal schlecht?«

»Der erste Präsident hat uns unter verschiedenste Dienstherren aufgeteilt. Aber der zweite hat uns wieder mit kräftiger Faust vereint. Wieso fragen Sie das?«

»Na, wieso nicht … Schließlich haben wir eine gemeinsame Vergangenheit.«

Der Feldstein lächelte. Außerhalb seines Büros war er durchaus sympathisch.

»Wollen Sie sich nicht bei mir entschuldigen?«, fragte Swerjew.

»Wofür?«, fragte der Feldstein.

»Dafür, dass Sie mich verfolgt haben. Ich war schließlich im Recht, war auf Seiten der Wahrheit.«

»Sie haben Ihre Wahrheit, und ich habe meine. Ich habe das System verteidigt.«

»Ihr System ist auseinandergefallen.«

»Und ein neues ist entstanden.«

»Aber das ist ein krankes System.«

»In welchem Sinne?«, fragte der Feldstein misstrauisch.

»Es gibt gesunde, kranke und tote Menschen. Ihr System ist krank. Die Korruption, die Gaunereien.«

»Wir werden es wieder heilen. Und wir zählen auf Ihre Mithilfe.«

»Darauf haben Sie früher schon mal gehofft.«

»Womit sind Sie denn eigentlich unzufrieden? Sie haben zehn Jahre in Paris gelebt. Man hat Sie doch nicht nach Sibirien geschickt. ›Paris ist eine Messe wert‹, heißt es nicht so?«

Der Feldstein sah ungerührt vor sich hin. Er fühlte sich nicht schuldig. Er war nur ein Wachhund des Systems. Einer der Finger der geballten Faust.

Der Kellner schenkte Whisky ein. Der *Tamada*, der Vorsitzende des Festmahls, brachte einen feierlichen Trinkspruch aus. Alle tranken.

»Auf der Speisekarte steht schottischer Whisky, aber das ist einfacher Weinbrand«, bemerkte Ada.

Sie verstand etwas von geistigen Getränken.

»Die Kellner haben das ausgetauscht. Ihr Chef weiß sicher nichts davon«, meinte die Frau des Feldsteins.

»Der Chef weiß das alles ganz genau«, sagte der Feldstein.

»Na eben, genau davon sprach ich«, bemerkte Swerjew.

Dann kam das erste warme Gericht. Auf der Speisekarte stand ›Rib-Eye-Steak‹.

»Das ist kein Rib-Eye-Steak«, sagte Ada. »Rib-Eye ist marmoriertes Fleisch. Ein besonderes Stück vom Rind: eine Schicht Fleisch und eine Schicht Fett. Und das hier ist ein ganz normales Beefsteak.«

Später am Abend erschien ein gepflegter Mann mit einem riesigen Blumenstrauß. Er wurde von Bodyguards begleitet.

»Wer ist das?«, fragte Ada.

»Ein Sponsor«, sagte der Feldstein ausweichend.

»Das ist Pontschik«, erklärte die Frau des Feldsteins.

»Ist Pontschik sein Nachname?«, fragte Ada.

»Nein, ein Spitzname. Bei denen wird niemand beim Namen genannt.«

»Bei ›denen‹, was heißt das?«

Das Feldstein-Paar schwieg. Swerjew stieß Ada sanft in die Seite. Bloß keine weiteren Fragen.

Ada betrachtete die neuen Gäste. Die Rosen waren dunkelrot, sehr groß und unglaublich schön. Wo wuchs denn so etwas? Vermutlich in Holland. Pontschik selbst sah aus wie ein Abgeordneter der Staatsduma, aber in seinem Gesicht fehlte etwas, so etwas wie Konzentration und Inspiration. Es war genau wie beim gefälschten Whisky, er war eine ziemlich ›verdünnte‹ Ausgabe eines Abgeordneten.

Pontschik trat auf den Feldstein zu und begrüßte ihn mit Handschlag.

Seine Bodyguards setzten sich an einen separaten Tisch.

Jagende und Gejagte saßen im selben Etablissement.

Eine jede Kreatur war paarweise vertreten. Genau wie in der Arche Noah …

Pontschik nickte Swerjew höflichkeitshalber zu, aber er gab ihm nicht die Hand. Wer war schon dieser Swerjew? Ein hungernder Künstler, außerhalb des Gesetzes und außerhalb jeder Autorität …

Mirka ging derweil mit einem öffentlichen Brief für den Schutz der Architektur hausieren.

Moskau wurde zum Nutzen der großen Geschäftsleute umgebaut. Es wurden altehrwürdige Gebäude abgerissen oder durch Umbau zerstört, obwohl sie unter Denkmalschutz standen. Die öffentliche Meinung protestierte matt, aber das war wie die Stimme eines Verdurstenden in der Wüste. Die Macht des Geldes hatte gesiegt, sie war aggressiv und unerbittlich, wie ein Hochgeschwindigkeitszug. Die Intelligenzija war still besorgt, aber sie wollte dem mächtigen Zug nicht ihre besten Schemel entgegenstellen, umso mehr, als das Ergebnis sowieso schon feststand. Die vergangenen siebzig Jahre hatten sie das Fürchten und Dulden gelehrt.

Und trotzdem wurde ein öffentlicher Brief verfasst. Es unterschrieben ihn viele berühmte Leute. Mirka war nicht faul und fuhr alle Adressen ab, auch wenn sie am anderen Ende von Moskau lagen. Ein Auto hatte sie nicht, und so bewältigte sie die weiten Strecken mit zigfachem Umsteigen im öffentlichen Verkehr.

»Du musst auch unterschreiben«, verfügte Mirka und hielt Swerjew den Brief unter die Nase.

»Den kannst du wieder mitnehmen. Ich habe diesen Brief nicht gesehen. Ich unterschreibe gar nichts mehr«, schnitt ihr Swerjew das Wort ab.

»Ist dir denn alles so verdammt egal?«

»Ich will in Ruhe arbeiten und in Ruhe leben.«

»Aber dann ändert sich in diesem Land nichts. Gar nichts und niemals.«

»Es hat sich schon was geändert. Niemand fährt mehr mit Panzern herum und zwingt anderen den ›Sozialismus‹ auf. Und diesen Sozialismus gibt es auch nicht mehr.«

»Das ist auch dein Verdienst«, erinnerte Mirka.

»Und jetzt sind die Jungen an der Reihe. Sollen sie kommen und ihre eigenen Ordnungen erfinden. Ich spiele nicht mehr mit. Ich bin pensioniert.«

»Du bist das Gewissen der Nation. Und ein Gewissen hat kein Alter.«

»Lass ihn in Ruhe«, mischte sich Ada ein. »Er hat so schon zu hohen Blutdruck.«

»Gleichgültigkeit – das ist seelische Verkommenheit«, resümierte Mirka und machte sich nach Hause auf. Zum Zeichen ihres Protests verzichtete sie auf das Abendessen.

Mirka verzog sich also, aber sie ließ den öffentlichen Brief in der Küche auf dem Fensterbrett liegen. Das Fensterbrett war weiß, ebenso wie der Brief, der nur leicht heller war als das bemalte Holz.

Ada goss die Blumen und fütterte die Katze. Sie sprach leise mit jemandem am Telefon. Irgendwelche vernünftigen Dinge wurden geregelt.

Es erinnerte Swerjew an die Worte aus einem seiner Lieblingsfilme: ›Ein gutes Zuhause, eine gute Ehefrau – was brauchte ein Mann mehr, um dem Alter würdig zu begegnen …‹

Swerjew stieg hinauf in sein Atelier.

Er arbeitete bis spät am Abend. Er malte gelbe Sonnenblumen, wobei er nicht mit dem Pinsel malte, sondern die Farbe direkt aus der Tube drückte und sie auf der Leinwand verteilte. Die Blumen wurden dadurch sehr plastisch und so realistisch, dass es einem schien, als würden sie sich kaum mehr auf der Leinwand halten und könnten einem jeden Moment aus dem Bild direkt in die Hand fallen.

Meistens war Swerjew in das Werk verliebt, an dem er gerade arbeitete. Und wenn die Verliebtheit vorbei war, machte der Pinsel von allein halt. Dann ging nichts mehr. Aber jetzt flog die Hand nur so dahin, und auch die Zeit flog unbemerkt vorbei.

Bei Einbruch der Nacht ging Swerjew hinüber in die Küche.

Da sah er den Brief auf der Fensterbank. Er wandte sich ab, doch der Brief leuchtete weiß und aufdringlich von der Seite her. Er sandte unangenehme Erregung aus, wie ein hungriges Tierchen, das schweigend um Fressen bittet.

Swerjew nahm sich ein Stück Brot aus dem Kühlschrank, bestrich es mit Butter und aß langsam und genüsslich. Ada hatte ihm verboten, Butter zu essen, aber genau das aß er am liebsten: Brot mit Butter.

Swerjew aß auf. Dann lauschte er in sich hinein. Er saß ohne jegliche Gedanken einfach am Tisch.

Dann las er schnell den Brief durch. Er unterschrieb. Und legte ihn auf das Fensterbrett zurück.

Es war ja wirklich so: Wenn man die Denkmäler der Vergangenheit zerstörte, würde das Land keine Vergangenheit mehr haben, und das bedeutete, es würde auch keine Zukunft mehr haben.

Swerjew erhob sich und ging wieder hinauf in sein Atelier. Dort legte er sich hin.

Das Fenster im Dach verschmolz mit der Nacht. Man konnte nicht mehr erkennen, ob da ein Fenster war oder nicht. Aber direkt über seinem Kopf leuchtete ein ferner, fast orangefarbener Stern. Der Mars. Er glitzerte und blinkte, wie ein Diamant aus gelbem Wasser. Wie gern wollte man doch glauben, dass es dort jemanden gab …

Viktorija Tokarjewa im Diogenes Verlag

Viktorija Tokarjewa, 1937 in Leningrad geboren, studierte nach kurzer Zeit als Musikpädagogin an der Moskauer Filmhochschule das Drehbuchfach. 15 Filme sind nach ihren Drehbüchern entstanden. 1964 veröffentlichte sie ihre erste Erzählung und widmete sich ab da ganz der Literatur. Sie lebt heute in Moskau.

»Ihre Geschichten sind seit jeher von großer Anmut, allesamt Kunst-Stückchen, die einem die Vorstellung von Leichthändigkeit suggerieren. Nicht jedoch von Leichtgewichtigkeit. Wenn sie uns ein Schmunzeln entlocken, dann liegt das daran, dass Viktorija Tokarjewa über einen ausgeprägten Humor verfügt und diese Gabe durchweg einsetzt. Es ist kein Humor der satirischen Art, eher eine sanfte Ironie, gewürzt mit einer Prise Traurigkeit und einem vollen Maß an mitmenschlichem Erbarmen.«
Frankfurter Allgemeine Zeitung

Zickzack der Liebe
Erzählungen. Aus dem Russischen von Monika Tantzscher

Mara
Erzählung. Deutsch von Angelika Schneider

Happy-End
Erzählung. Deutsch von Angelika Schneider

Lebenskünstler
und andere Erzählungen. Deutsch von Ingrid Gloede

Der Pianist
Erzählungen. Deutsch von Angelika Schneider

Glücksvogel
Roman. Deutsch von Angelika Schneider

Liebesterror
und andere Erzählungen. Deutsch von Angelika Schneider

Der Baum auf dem Dach
Roman. Deutsch von Angelika Schneider

Alle meine Feinde
und andere Erzählungen. Deutsch von Angelika Schneider

Andrej Kurkow im Diogenes Verlag

Andrej Kurkow, geboren 1961 in St. Petersburg, lebt seit seiner Kindheit in Kiew. Er studierte Fremdsprachen (er spricht insgesamt elf Sprachen), arbeitete als Redakteur und während des Militärdienstes als Gefängniswärter. Danach wurde er Kameramann und schrieb zahlreiche Drehbücher. Seit 1996 ist er freier Mitarbeiter bei Radio und Fernsehen und freier Schriftsteller. Er lebt in Kiew und London.

»Kurkow beweist, dass man auch auf Russisch wieder frische Geschichten erzählen darf: intelligent, witzig, weder die Realität verkleisternd noch sie ausblendend, nicht angestrengt antirealistisch, aber auch nicht wirklich traditionell.«
Thomas Grob / Neue Zürcher Zeitung

Picknick auf dem Eis
Roman. Aus dem Russischen von Christa Vogel

Petrowitsch
Roman. Deutsch von Christa Vogel

Ein Freund des Verblichenen
Roman. Deutsch von Christa Vogel

Pinguine frieren nicht
Roman. Deutsch von Sabine Grebing

Die letzte Liebe des Präsidenten
Roman. Deutsch von Sabine Grebing

Herbstfeuer
Erzählungen. Deutsch von Angelika Schneider

Der Milchmann in der Nacht
Roman. Deutsch von Sabine Grebing

Der Gärtner von Otschakow
Roman. Deutsch von Sabine Grebing

Michail Lermontow
Ein Held unserer Zeit

Roman
Herausgegeben und übersetzt
von Arthur Luther

»Der tragische Held Petschorin, in den fünf inhaltlich zusammenhängenden Novellen aus verschiedenen Blickwinkeln gesehen, scheut sich nicht, sich selber böse zu nennen, und begreift nicht, wieso das Böse eine so große Anziehungskraft besitzen kann. Der Leser des Tagebuchs, der seinem Zauber ebenso erliegt wie die Frauen, die ihn lieben, ahnt, daß es nicht die Anziehungskraft des Bösen, sondern das immer gegenwärtige Leiden am Nichtleidenwollen, Nichtliebenwollen, daß es Verzweiflung ist, was diesen Mann nicht abstoßend, sondern tief bemitleidenswert und faszinierend zugleich erscheinen läßt.« *Kindlers Literatur Lexikon*

»*Ein Held unserer Zeit* weist bereits den Weg, auf dem der russische Roman in den Meisterwerken Dostojewskijs und Tolstois Weltgeltung erlangen sollte.«
Kröner Lexikon der Weltliteratur

»Meine Herren, ein Mann, der Puškins Platz hätte einnehmen können, ist getötet worden.«
Zar Nikolaus I. zum Tod Lermontows